Alex Ryber
Die im Dunkeln warten

Alex Ryber ist ein Pseudonym des Autors Axel S. Meyer, der unter diesem Namen mehrere historische Romane beim Rowohlt Verlag veröffentlicht hat. Er wurde 1968 in Braunschweig geboren und lebt und arbeitet seit Ende der 90er Jahre in Rostock, wo er als Reporter und Redakteur der Ostsee-Zeitung tätig ist. Der Krimi *Die im Dunkeln warten* ist sein bislang unveröffentlichtes Erstlingswerk.

Alex Ryber

Die im Dunkeln warten

KBV

Originalausgabe

www.kbv-verlag.de
E-Mail: info@kbv-verlag.de
Telefon: 0 65 93 - 998 96-0
Fax: 0 65 93 - 998 96-20
Umschlaggestaltung: Ralf Kramp
unter Verwendung von: © ironstorm · www.fotolia.de
Zitate im Schlusskapitel aus:
»Wish you were here« (Waters, Gilmour)
Redaktion: Volker Maria Neumann, Köln
Druck: Aalexx Buchproduktion GmbH, Großburgwedel
Printed in Germany
ISBN 978-3-95441-158-0

1. Kapitel

Um Mitternacht frischte der Wind auf, und der Mann hörte ein loses Seil unruhig gegen den Mast schlagen. Mondlicht drang durch die kleinen Fenster in die Kajüte und zeichnete scharfe Schatten. Schatten, die dem Mann erschienen wie leibhaftige Gestalten, die sich im ungleichmäßigen Wellengang bewegten, als wollten sie mit dürren Fingern nach ihm greifen. Als wollten sie ihn hinauszerren und ertränken. Wie die Erinnerungen, die er verdrängen musste.

Er schloss die Augen.

Am Nachmittag war er mit seiner Yacht bis dicht vor die Küste gesegelt und hatte die Anker auf den sandigen Grund der Ostsee ausgebracht. Nachdem bald darauf die Sonne untergegangen war, hatte er das weiße Rundumlicht eingeschaltet und dann unter Deck eine Flasche Wein geöffnet.

Es war der 29. November, und das Boot musste in den nächsten Tagen an Land, bevor der erste Frost sich einstellen würde. Ein letztes Mal in diesem Jahr wollte der Mann die Stille genießen. Allein sein mit dem Wasser, allein sein mit dem Wind.

Ruhe finden.

Wenigstens für ein paar Stunden die dunklen Gedanken verscheuchen. Die Schatten. Diese lebendigen Schatten.

Und schlafen.

Als eine kräftige Welle das Schiff zur Seite stieß, schreckte er hoch. Die leere Weinflasche rollte über den Boden und prallte unter der Koje gegen die Schiffswand.

Der Wind war stärker geworden.

Als der Mann, auf den in dieser Nacht der Tod wartete, mit Einbruch der Dämmerung den Hafen verlassen hatte und über den Seekanal aufs offene Meer fuhr, war die Ostsee noch milde gestimmt gewesen.

Er hatte den Motor tuckern lassen und war ohne Segel geschippert. Vorbei an den Warnemünder Molen, diesen aus groben Felsblöcken gefügten Steinfingern. Er war rasch vorangekommen. Der Tank war gut gefüllt, und es herrschte kaum Betrieb auf dem Seeweg, auf dem die Fähren mit Kurs Dänemark oder Schweden durchs Wasser pflügten.

Für einen Novembertag war es außergewöhnlich mild gewesen. Temperaturen über zehn Grad hatten ihn an Frühling denken lassen. Doch Stunden später hatte der Wind von West auf Ost gedreht. Bald war die Temperatur um einige Grade gefallen.

Es wurde kalt.

Jetzt lag er auf seiner Koje und überlegte, ob er den Motor anwerfen und zurück in den Hafen fahren sollte. Aber er verwarf den Gedanken wieder. Schließlich hatte er sich vorgenommen, diese Nacht auf See zu verbringen – also würde er bleiben. Er war kein Mann, der vor irgendetwas weglief. Nicht vor kalten Nächten oder vor dunklen Gedanken. Niemals. Daran würde sich auch heute nichts ändern.

Er erhob sich von dem schmalen Bett und tastete sich am Tisch entlang bis zu der Treppe, die auf das Deck führte. Neben der Treppe befand sich ein kleiner Ofen. Während er mit der einen Hand die Temperatur höher drehte, hielt er sich mit der anderen an einer Stufe fest, damit ihn die Wellen nicht aus dem Gleichgewicht brachten. Dann ließ er sich wieder auf der Koje nieder und griff nach der zweiten, noch ungeöffneten Flasche Wein, die er am Fußende verstaut hatte.

Er entkorkte den Wein und nahm einen Schluck. Ein guter Tropfen, nicht dieses billige Zeug aus dem Supermarkt, das den Gaumen misshandelte.

Plötzlich vernahm er zunächst ein lautes Geräusch, dann spürte er, wie das Schiff erbebte. Die Flasche entglitt seiner Hand, der Wein ergoss sich über Beine und Bett, besudelte Hose und Laken mit roten Flecken.

Er fluchte. Was war das? Eine Welle? Nein, das hier war die Ostsee und nicht der Atlantische Ozean.

Ein Stein? Nun, er hatte doch die Anker gesetzt, und das Schiff war daher sicher nicht ins flachere Wasser abgetrieben. So stark war der Wind nun auch wieder nicht.

Ein anderes Schiff?

Er wankte, gegen die Wellenstöße abwechselnd an Bett und Tisch gestützt, auf die Treppe zu. Dann drückte er die Luke auf. Kalter Wind schnitt ihm ins Gesicht. Die Luft roch würzig, algig. Das Zeichen für einen nahenden Sturm.

Er krabbelte aufs Deck.

Im Schein des Halbmonds sah er weiß aufblitzende Wellenkämme.

Da fiel ihm ein, dass er die Taschenlampe unter Deck vergessen hatte und stieg erneut hinab. Die Lampe hing am Haken neben der Spüle. Er schaltete sie ein, kletterte wieder nach oben und begann seinen Kontrollgang.

Zunächst prüfte er das Seil am Bug. Es war stramm, und der Anker hielt das Schiff. Als er aufs Wasser hinunterleuchtete, sah er nur Wellen gegen die Bordwand klatschen.

Er tastete sich weiter voran bis zum Heck. Auch hier war das Ankerseil straff.

Erst als er an der Steuerbordseite hinableuchtete, entdeckte er es: ein kleines Motorboot. Und dieses kleine Boot schaukelte in den Wellen, direkt neben der Yacht, hing daran wie eine Zecke. An seiner Yacht!

Das Motorboot war unbemannt. Aber da war ein Seil, das den Kahn mit seiner Yacht verband.

Es musste jemand an Bord gekommen sein. Wahrscheinlich hatte er sich am Rand hochgezogen und dann sein Boot am Geländer festgezurrt.

Wer hatte das gewagt?

Da hörte er ein Geräusch, wirbelte herum und sah in derselben Sekunde den Schatten neben dem Mast. Er zielte mit der Lampe auf die Stelle und erstarrte. Dort stand jemand. Von der Statur her schien es ein Mann zu sein, der aussah wie ein Soldat: Er war bekleidet mit der Hose eines Kampfanzugs, derben Stiefeln und einem Parka; das Gesicht war unter einer Kapuze verborgen.

Der Soldat näherte sich. In der Hand hielt er einen länglichen Gegenstand. Ein Messer? Nein, dafür war es zu groß.

»Heh«, rief der Mann dem Soldaten zu. »Wer sind Sie?«

Der Wind fegte über die Yacht. Seile schlugen auf die Planken. Der Boden wankte. Für eine Sekunde hielt der Soldat die Stiefel still, gab aber keine Antwort – dann schnellte er vor.

Bevor ihn der Angreifer erreichte, warf sich der Mann nieder. Dabei verlor er die Lampe, die übers Deck rollte und über Bord ging.

Rasch kam er wieder auf die Beine und bewegte sich in Richtung der Kajüte.

Wo war der Angreifer? Er blickte über seine Schulter und sah im Mondlicht, dass sich der Soldat in Seilen verheddert hatte, an denen er zerrte wie ein Irrer, um sich zu befreien.

Die Keule, dachte der Mann in seiner Panik. Die Keule unter der Koje! Die hatte er dort vor einiger Zeit versteckt – man konnte ja nie wissen. Er erreichte die Kabine, warf sich zu Boden und langte unter die Koje. Seine Finger fühlten das glatte Holz des Schlägers. Aber er bekam ihn nicht hervor, da er zwischen den Streben eingeklemmt war.

Während der Mann gegen die Keule drückte und daran zog, um sie zu lösen, vernahm er über sich auf dem Deck die Geräusche der trampelnden Soldatenstiefel. Die Schritte erreichten die Luke. Schon knarrte die oberste Stufe.

Der Mann drehte sich auf die Seite und sah abgewetzte Springerstiefel die Treppe hinabsteigen.

Da berührte seine Hand unter dem Bett die leere Weinflasche. Seine Finger schlossen sich um ihren Hals. Als er die Weinflasche unter der Koje hervorzog, thronte der Soldat bereits über ihm. Breitbeinig, die lange, messerähnliche Waffe über den Kopf gehoben – so schien der Kerl, der es gewagt hatte, mit einem kleinen Motorboot an seiner Yacht festzumachen, eine unendliche Sekunde lang das Gefühl der Macht über Leben und Tod auszukosten.

Der Mann, der nun sterben würde, blickte zu ihm empor, hinauf zu diesem Schattenriss des Todes.

Das Boot neigte sich unter einem Wellenstoß zur Seite, und Mondlicht fiel auf den Gegenstand in der Hand des Soldaten, auf dessen metallischer Oberfläche sich das kalte Licht spiegelte.

Dann schlug der Mörder zu. Die Waffe schnitt durch die Luft, und die Klinge teilte die Schädeldecke beinahe geräuschlos.

Jetzt war er tot, der Mann, der in dieser Nacht und in so vielen Nächten davor keine Ruhe gefunden hatte.

2. Kapitel

Bis zum nächsten Morgen hatte der Wind weiter zugenommen. Die Wolken hingen tief, nachdem der Ostwind vor einigen Stunden die Schlechtwetterfront unter den sternklaren Himmel gedrückt hatte.

Seit einer Stunde angelten Sven Reincke und sein Freund Jörn Burmeister auf der Ostsee vor Warnemünde. Sie waren in Burmeisters Motorboot etwa zwei Seemeilen vor die Küste geschippert und ließen sich nun auf der Ostseite der Fahrrinne mit der Strömung treiben. Bis zu zwei Meter hoch türmten sich hier die Wellen.

Kommt der Wind von Osten, lässt uns der Fisch verrosten, dachte Reincke an eine alte Anglerweisheit. Dann dachte er: blöder Spruch. Denn die Fische bissen nicht schlecht an diesem Sonntagmorgen. Reinckes Armbanduhr zeigte halb neun. Jeder der beiden hatte inzwischen drei Schollen gefangen, die nun in einem Eimer lagen.

An diesem Morgen waren sie die einzigen Angler hier, und jede Küstenwache der Welt hätte sie für lebensmüde erklärt, weil sie bei diesem Wetter mit dem gerade einmal fünf Meter langen, offenen Kahn auf die raue See getuckert waren.

Erst vor zwei Wochen waren einige Meilen weiter westlich bei Kühlungsborn zwei Angler ertrunken, als ihr Boot bei Windstärke sechs gekentert war. Bei einer Wassertemperatur von knapp drei Grad hatten die Männer keine Chance gehabt. Ihre Leichen waren Tage später in Dänemark an Land gespült worden.

Aber Burmeister hatte Reinckes Bedenken zerstreuen können. Und nun waren sie auf dem tosenden Meer, und die Fische bissen gut. Darauf kam es schließlich an. Nur darauf!

»Die Tonne«, rief Reincke plötzlich unter seiner Kapuze hervor und zeigte auf die Boje, die den Seeweg markierte und vor Fähren und den anderen großen Schiffen warnte.

Burmeister nickte und formte mit Daumen und Zeigefinger das Okay-Zeichen. Sie begannen, ihre Angeln einzuholen. Dann warf Burmeister den Motor an und steuerte ostwärts. Das Motorboot kämpfte gegen die hohen Wellen an, eiskaltes Wasser schwappte über die Bordwand.

Reincke hielt sich mit beiden Händen an seinem Sitz fest und betrachtete die Plattfische, deren glänzende, braune Haut mit roten Tupfen gesprenkelt war. Burmeister hatte recht gehabt, die Ausfahrt hatte sich bereits jetzt gelohnt.

Der Wind trieb Regen vor sich her, und die Tropfen brannten auf der Haut wie Nadelstiche. Schwer und dunkelgrau berührten die Wolken beinahe die Wasseroberfläche.

Reincke zog die Kapuze dichter vors Gesicht und rief: »Da vorne!«

Burmeister schaute in die Richtung, in die sein Freund deutete. Keine fünfzig Meter von ihnen entfernt schaukelte eine Segelyacht in den Wellen. Das weiße Rundumlicht war eingeschaltet, das Segel eingerollt.

»Der Kahn treibt auf die Fahrrinne zu«, rief Reincke gegen Wind und Wellen an.

Burmeister drehte den Motor auf und nahm Kurs auf die Yacht.

»Was hast du vor?«, rief Reincke.

»Na, dichter ranfahren, natürlich. Ruf die Küstenwache!«

Reincke zog die Handschuhe aus und wählte auf seinem Handy die Notrufnummer. Dann schob er das Telefon unter die Kapuze und wartete. Nach einigen Sekunden meldete sich jemand.

»Bei der Fahrwassertonne zehn treibt eine Yacht auf die Fahrrinne zu«, brüllte Reincke ins Handy.

»Wie heißt das Schiff?«, fragte der Beamte.

»Wir können den Namen nicht erkennen.«

»Wie weit ist die Yacht noch von der Fahrrinne entfernt?«

Reincke drehte sich um. »Zweihundert Meter, vielleicht auch nur noch hundertfünfzig.« In diesem Moment sah er den gewaltigen, weißen Körper, der sich nicht weit entfernt aus dem Dunst schälte. Stark und schnell pflügte der Koloss aus Stahl durchs Wasser. »Eine Fähre«, schrie Reincke. »Da kommt eine Fähre auf uns zu!«

»Wir alarmieren den Kapitän und schicken einen Seenotretter«, sagte der Polizist. »Und Sie unternehmen keine riskanten Manöver!«

Reincke unterbrach die Verbindung.

Burmeister hatte sich der Yacht inzwischen bis auf etwa zwanzig Meter genähert. Und er nahm weiter Kurs auf das schwankende Schiff.

»Keine riskanten Manöver!«, rief Reincke. »Hat der Polizist gesagt. Sie schicken einen Seenotretter.«

»Die werden zu lange brauchen«, erwiderte Burmeister. Erst als er bis auf zehn Meter herangekommen war, drosselte er den Motor.

»Sie wollen den Kapitän der Fähre alarmieren …«

»Na und? Der kann doch nicht einfach auf die Bremse treten, um das Schiff zu stoppen. Schau doch: Die Anker sind abgerissen.«

An Bug und Heck schlackerten die losen Seilenden.

»Sei bloß vorsichtig!«, schrie Reincke.

Burmeister manövrierte das Motorboot dicht an die Yacht heran. Jetzt konnten sie den Name erkennen, der in geschwungenen Lettern auf der Seite prangte.

Goldkind, las Reincke. Dann brüllte er: »Dreh um! Dreh verdammt noch mal um!«

Burmeister überhörte die Worte. »Ich werde versuchen, die Yacht von der Fahrrinne wegzuschieben.«

Reincke schloss die Augen und überlegte, ob er beten sollte. Erst als ihr Kahn Sekunden später gegen das dreimal so große Schiff gedrückt wurde, Angeln und Gerätekisten umkippten, Haken, Bleie und Köder über den Boden purzelten, öffnete Reincke die Augen wieder.

Burmeister erhöhte die Drehzahl. Der Motor jaulte auf.

Die Seitenwand der Yacht tanzte vor ihnen auf und ab. Schützend hielt sich Reincke die Arme über den Kopf.

Dann erfasste eine Welle das Schiff und drückte es auf das Angelboot. Der Bug tauchte ab, das Heck wurde hochgerissen. Ein Schwall eiskaltes Wasser ergoss sich in den Kahn. Zwischen ihren Gummistiefeln glitschten die Schollen umher.

Burmeister wollte den Rückwärtsgang einlegen, aber das verdammte Ding hakte, und mit der nächsten Welle schwappte erneut Wasser ins Boot.

»Wir müssen da rauf«, schrie Reincke, watete zum Bug, und als eine Welle die Yacht kippte, griff er nach der Reling und zog sich hinauf.

Burmeister versuchte noch immer, den Rückwärtsgang einzulegen.

»Komm hoch, du Idiot!«, schrie Reincke.

Da ließ Burmeister endlich den Motor los, stapfte nach vorn und schnappte nach der Reling. Er verfehlte sie, packte erneut nach dem rutschigen Eisen, dieses Mal bekam er es zu fassen und zog sich aufs Deck der Yacht. Er tropfte wie ein Bündel Wassergras.

»Bist du verrückt geworden?«, japste Reincke.

Burmeister zuckte nur mit den Schultern.

Inzwischen war sein Angelkahn nur noch schemenhaft im aufgewühlten Wasser zu erkennen. Die helle Bauchseite einer Scholle blitzte auf, dann riss der Strudel des sinkenden Bootes den Fisch mit sich in die Tiefe.

Das Warnsignal der Fähre dröhnte wie ein Orchesterfinale. Die Yacht war jetzt nur noch wenige Meter von der Wasserstraße entfernt. Reincke wankte zum Steuerstand, betrachtete Knöpfe und Anzeigen und sah, dass der Schlüssel im Zündschloss steckte. Er drehte ihn, der Motor sprang an, und Reincke riss das Steuerrad herum.

Hinter sich hörte er die Bugwelle der Fähre rauschen. Er spürte, wie die Yacht zitterte und vom Sog erfasst wurde. Er gab Vollgas, und sie entfernten sich aus der Todeszone.

Die Fähre schob sich hinter ihnen vorbei.

Reincke übergab Burmeister das Steuer, bevor er die Kajüte öffnete und seinen Kopf hineinsteckte.

»Hallo?«, rief er. »Haaallo?«

Niemand antwortete.

Reincke stieg hinab. Er sah eine kleine Küche und einen Ofen neben der Treppe. In der Mitte der Kabine stand ein Tisch, dahinter war eine Koje. Als Reincke einen Schritt vorwärts machte, stieß sein Fuß gegen einen Gegenstand. Eine leere Weinflasche.

Dann sah er den dunklen Fleck. Ein großer Teil des Bodens war von einer roten Flüssigkeit bedeckt.

Das ist Wein, war sein erster Gedanke und der zweite: Das ist Blut.

* * *

Etwa zur gleichen Zeit, zwei Seemeilen östlich und nicht weit von der Stelle entfernt, an der die Yacht in der vorangegangenen Nacht geankert hatte, stieß Fischer Hermann Brodt einen bitteren Fluch aus. Sein Netz hing fest und ließ sich kaum einen Zentimeter an Bord ziehen. Schlimm genug, dass Brodt bei diesem Mistwetter mit seinem Kutter auf die Ostsee gefahren war. Jetzt würde er vielleicht sogar noch das teure Netz einbüßen.

Er zerrte, zunächst vorsichtig, dann immer kräftiger und stemmte seine einhundertzehn Kilo Körpergewicht gegen den Widerstand. Dann kam ganz langsam Bewegung in die Sache.

Vielleicht ist es ein Stück Treibholz, dachte er. Oder eine Fliegerbombe aus dem Zweiten Weltkrieg?

Nachdem der erste Widerstand gebrochen war, ließ sich das Netz leichter einholen. Bald purzelten die ersten Fische an Bord, drei, vier Dorsche waren dabei, einige Schollen, auch eine Meerforelle zappelte auf dem Deck.

Brodt beugte sich über die Reling und sah etwas Helles im Wasser schimmern. Es war größer als ein Fisch. Was war das? Treibholz ist nicht so hell, dachte er. Eine Bombe vermutlich auch nicht. Er überlegte, was es sonst sein könnte, aber eigentlich ahnte er die Antwort bereits.

»Bloß das nicht«, stöhnte er, und die Worte steckten wie Eiszapfen zwischen seinen frierenden Lippen. »Bitte nicht!«

Er hatte davon gehört. Einem Kollegen war so etwas vor einigen Jahren widerfahren. Der Mann hatte sich kaum davon erholt und erzählte heute noch manchmal von dem Fang.

Fischer Brodt zog und zerrte, und bald bestätigte sich sein Verdacht: In den Maschen hing ein Mensch.

3. Kapitel

Als Jan Adrian im Dunkeln erwachte, war sein T-Shirt mit Schweiß durchtränkt. Er hatte von seinem Vater geträumt. Von dem Mann, der nie sein Vater sein wollte.

Jan zog ein frisches T-Shirt an und versuchte, wieder einzuschlafen. Aber den Rest der Nacht lag er wach und dachte über den Mann nach, dessen Blut in seinen Adern floss.

Der Mann, der kein Gesicht hatte in seinen Träumen. Der Mann, der sein Erzeuger war und den er niemals hatte kennen lernen dürfen.

Gegen neun krabbelte Jan aus dem Bett. Er fühlte sich müde, und seine Laune befand sich nahe dem Gefrierpunkt. Dabei war heute Sonntag.

Er duschte heiß, und während er sich anschließend die Zähne putzte, betrachtete er im Spiegel das Gesicht, das ihn mit grüngrauen Augen ansah: Die Falten auf der Stirn und den Wangen waren tiefer geworden, glaubte er, und auch unter den Augen zeichneten sie sich deutlich ab. Aber Lachfältchen waren das nicht.

Zum Frühstück trank Jan schwachen Kaffee und kaute an einem Käsebrot herum. Dabei blätterte er in der Zeitung vom Samstag. In einem Artikel las er über die voranschreitende Sanierung der Plattenbauten im Stadtteil Evershagen. In einem anderen Artikel meldete sich ein Amtsleiter zu Wort und kündigte eine konsequentere Umsetzung der Hundehalterverordnung an: Man wolle künftig bei Verstößen mit Kampfhunden härter durchgreifen und auffälligen Besitzern die Tiere wegnehmen. Jan legte die Zeitung auf den Stapel mit dem Altpapier.

Seit zwei Jahren lebte er mittlerweile in Rostock. Er war Hauptkommissar bei der Mordkommission, die im Bundesland Mecklenburg-Vorpommern offiziell als Fachkommissariat »Leben und Gesundheit« geführt wurde. Intern gehörte die Bezeichnung »Mordkommission« aber weiterhin zum Sprachgebrauch.

Als Jan damals das Angebot gemacht wurde, er könne eine Stelle in den neuen Bundesländern antreten, war er zunächst skeptisch gewesen. Er hatte um Bedenkzeit gebeten, sich am Ende der Frist aber doch mit dem Gedanken angefreundet. Ob er diesen Schritt bereute, konnte er nicht einmal genau sagen. Manchmal ja, manchmal nein, aber letztlich war es ihm egal, wo er arbeitete.

Um kurz nach elf läutete das Telefon. Jan nahm ab, und am anderen Ende meldete sich ein Kollege. Nach dem kurzen Gespräch schlüpfte Jan in seine Winterjacke und verließ die Wohnung.

Seine Laune war nun deutlich unter den Gefrierpunkt gesunken. Den dienstfreien Sonntag konnte er vergessen.

Draußen flogen Papierfetzen über die Straße und den Gehweg, und einige Mülltonnen waren umgestürzt. Vielleicht hatte der Wind sie umgerissen, vielleicht Betrunkene sie in der Nacht umgetreten.

Jan ging an dem herausgefallenen Unrat vorbei, stieg in seinen Volvo und startete den Wagen. Nach drei Kilometern bog er an der Steintorkreuzung nach rechts ab.

Vor dem Polizeigebäude in der Blücherstraße wartete bereits Kollege Rudi Schlorke. Ausgerechnet Schlorke! Jan wendete, und bevor er hielt, überlegte er kurz, ob er dem Mann nicht mal eben über die Füße fahren sollte.

Schlorke öffnete die Beifahrertür. Er steckte in einer zitronengelben Frühlingsjacke, in der er wie ein Papagei aussah.

Und unter seiner Lederhose lugten spitz zulaufende, schwarz-weiße Stiefel hervor. Denen hätte die Bekanntschaft mit Jans Autoreifen sicher gut getan.

Rudi Schlorke war neununddreißig, vier Jahre älter als Jan also. Vor fünf Jahren hatte er sich von Hamburg nach Rostock versetzen lassen, weil er sich in den neuen Bundesländern bessere Karrierechancen ausrechnete.

Er hauchte sein »Guten Tag« in den Wagen, bevor er sich in den Sitz fallen ließ und Jan eine Hand reichte, die sich so schlüpfrig wie Aalhaut anfühlte. Ein Tropfen aus seiner Nase hatte sich im Schnurrbart verfangen.

Schlorke rubbelte seine Fischhände und murmelte: »Falsche Jacke.«

Vor allem falscher Jackeninhalt, dachte Jan und fuhr los.

Schweigend rollten sie durch die Innenstadt, dann über die Hamburger Straße weiter Richtung Schutower Kreuz, an dem sie auf die Stadtautobahn abbogen.

Während sie an den Plattenbausiedlungen Evershagen und Schmarl, die links und rechts die Straße säumten, vorbeifuhren, sagte Schlorke mit einem Mal: »Hans hat eine Erkältung und liegt im Bett.«

»Warum erzählst du mir das?«, fragte Jan.

»Weil ich dich nicht angerufen hätte, wenn Hans gesund wäre. Du bist nicht das, was ich mir unter einer angenehmen Sonntagsbegleitung vorstelle.«

»Dann genieß die Landschaft«, brummte Jan.

Schlorke schaute aus dem Seitenfenster.

Der Nordwesten. Schlafstadt, Betonstadt, Trabantenstadt – Namen gab es viele für die Stadtteile, die auch Jahre nach ihrer Gründung noch als Neubausiedlungen bezeichnet wurden.

Jan schaltete das Radio an. Ein Sprecher verlas die Zwölf-Uhr-Nachrichten. Anschließend kündigte ein Moderator das

Lied eines Sängers mit dem Namen Andy Jung an. *Sonne,* sang Andy, *liebe Sonne, lach mich an.*

Jan und Schlorke ließen die Musik vorbeiplätschern. Nachdem sie eine Tankstelle und einen McDonald's passiert hatten, verließen sie die Stadtautobahn und fuhren durch den Ortsteil Groß Klein, bis sie das Gelände der Wasserschutzpolizei erreichten.

Jan stellte den Volvo ab, sie stiegen aus und gingen über den Hof zum Schiffsanleger, der sich hinter den Bürogebäuden am Ufer der Warnow befand.

Am Anleger standen fünf Männer zusammen, drei von ihnen trugen die Uniform der Wasserschutzpolizei, die beiden anderen waren in Decken gehüllt. Hinter der Gruppe schaukelte eine Segelyacht am Kai. Einige Meter entfernt parkten ein Rettungsfahrzeug und ein Leichenwagen.

Als sich Jan und Schlorke der Gruppe näherten, kam ihnen einer der Wasserschutzpolizisten entgegen. Jan kannte den Mann und wusste, dass er Müller hieß, den Vornamen hatte er vergessen.

Müller – einsneunzig, blond und mit einem knabenhaften Gesicht, das ständig lächelte – empfing sie mit den Worten: »Schöner Sonntag, was?«

»Mhm«, machte Jan.

»Was ist eigentlich los?«, fragte Schlorke. »Ich habe nur gehört, dass ihr eine Leiche aus der Ostsee gezogen habt.«

»Wir nicht«, erwiderte Müller. »Ein Fischer hatte den Toten vor Markgrafenheide im Netz. Der Fischer sitzt in dem Rettungswagen. Er steht unter Schock und schluckt Tabletten. Wenn's hilft ...«

»Und der Tote?«, fragte Jan. »Wenn ihr die Mordkommission ruft, wird er wohl kaum ertrunken sein.«

»Das werdet ihr gleich sehen«, sagte Müller und geleitete sie zu den anderen.

Die Polizisten reichten sich die Hände. Die in die Decken gehüllten Männer starrten auf den Boden.

»Diese beiden Herren haben das Boot heute Morgen entdeckt«, sagte Müller und deutete auf die Yacht. Dann klopfte er dem einen auf die Schulter. »Herr Burmeister und Herr Reincke – wenn ich die Namen richtig verstanden habe?«

Die Männer nickten stumm. Sie zitterten unter ihren Decken.

»Hat nicht viel gefehlt und wir hätten die Herren ebenfalls als Wasserleichen aus der Ostsee gefischt. Was haben Sie sich nur dabei gedacht, bei dem Scheißwetter zum Angeln rauszufahren? Bei Windstärke sechs! Das Wasser hat drei Grad, das überlebt man keine Stunde lang.«

Einer der Männer sah betreten zur Seite, der andere räusperte sich.

»Und wo ist die Leiche?«, fragte Jan.

Müller zeigte auf einen grauen Sack.

Jan trat näher heran. Der Reißverschluss des Leichensacks war noch nicht zugezogen. In dem Sack lag die Leiche eines etwa sechzig Jahre alten Mannes. Der Tote war mit einem dicken, weißen Pullover bekleidet, seine Haut war farblos, das Fleisch aufgequollen wie eingeweichtes Brot. Sein Schädel war vom Haaransatz in Richtung Nase v-förmig aufgespalten, als hätte irgendetwas diesen Kopf in zwei Hälften reißen wollen.

Schlorke, der Jan gefolgt war, kniete neben der Leiche nieder.

»Ich ruf den Staatsanwalt an«, sagte Jan, während er den Leichenwagen heranwinkte. »Wir brauchen das Okay für eine Obduktion.«

Zwei Männer in schwarzen Anzügen stiegen aus dem Wagen, öffneten die Heckklappe und zogen einen länglichen Behälter heraus.

Schlorke hockte noch immer neben der Leiche und betrachtete sie eingehend.

Jan wandte sich ab.

»Sieht ziemlich übel aus«, sagte Müller.

»Ob die Yacht und der Tote zusammengehören?«, fragte Jan.

»Denkbar – wir lassen gerade überprüfen, auf wen das Schiff angemeldet ist. Der Tote hatte keine Papiere bei sich, und die Yacht haben wir noch nicht untersucht. Das sollen eure Experten machen. Ich war nur kurz drin und habe gesehen, dass der Boden mit einer roten Flüssigkeit bedeckt ist. Und ich muss kein Experte sein, um diese Flüssigkeit als Blut zu identifizieren.«

Jan wandte sich an die Männer in den Decken. »Erzählen Sie mir bitte, was vorgefallen ist.«

Reincke öffnete seine blaugefrorenen Lippen und berichtete, wie sie die Yacht entdeckt und bei der Rettungsaktion ihr Boot und die Schollen verloren hatten.

»Gut – sollten wir weitere Fragen haben, melden wir uns bei Ihnen«, sagte Jan.

»Also, ich hätte da noch eine Frage«, meinte Burmeister.

»Bitte?«

»Wir haben diese Yacht schließlich gerettet. Bezahlt denn nun eine Versicherung mein Boot? Es war noch ganz neu. Ein rotes Boot – falls es jemand finden sollte.«

»Tut mir leid«, sagte Jan, »das weiß ich wirklich nicht.« Dann ließ er die Männer stehen und ging zur Yacht.

Schlorke, der sich inzwischen vom Anblick der Leiche losgerissen hatte, kam hinterher. »Das solltest du die Spurensicherung machen lassen«, rief er.

»Du kannst ja auf die Kollegen warten oder mit dem Fischer reden«, erwiderte Jan, bevor er über eine Leiter auf das Schiff stieg.

Das Deck war rutschig vom Salzwasser. Jan, der in seinem Leben noch nicht auf vielen Schiffen gestanden hatte, hangelte sich an Seilen, Schnüren und Drähten bis zur geöffneten Luke voran. Dann stieg er die Stufen hinab und ließ seinen Blick über die Einrichtung gleiten. Der Fleck war direkt vor ihm.

Jan kniete nieder und betrachtete die getrocknete Flüssigkeit. Blut, kein Zweifel. Auch auf den Treppenstufen war welches. Hatte jemand einen blutenden Körper aus der Kajüte an Deck gezerrt und den Fischen zum Fraß vorgeworfen?, fragte er sich. War es vielleicht sogar der Mann, der im Leichensack auf seinen Abtransport wartete?

4. Kapitel

Um fünf Uhr kehrte Jan in seine Wohnung zurück und schaltete im Flur das Licht ein. Es war den ganzen Tag nicht richtig hell geworden und nun stockfinster.

Gegen zwei Uhr war der Spurensicherer Fritz Grzymek vom Fachkommissariat Kriminaltechnik bei der Wasserschutzpolizei eingetroffen und hatte mit der Untersuchung der Yacht begonnen. Seit die Mordkommission über keine eigenen Spurensicherer mehr verfügen konnte, mussten bei entsprechenden Einsätzen die Kollegen der Kriminaltechnik extra angefordert werden. Grzymek war der einzig verfügbare Kollege dieser Abteilung gewesen – ein älterer Herr, der kurz vor der Rente stand. Er war ein routinierter Arbeiter, ordentlich und gewissenhaft – aber kurzsichtig und auf eine Brille mit starken Gläsern angewiesen.

Schlorke hatte Grzymek bei der Untersuchung assistiert. Währenddessen hatte Jan ihren Chef Otfried Adamski informiert. Adamski, der gerade mit seiner Frau bei Tee und Kuchen saß, hatte kurz überlegt und dann gemeint, dass es wohl ausreiche, wenn man sich am kommenden Morgen zusammensetzte und die weiteren Angelegenheiten besprach.

Gegen vier Uhr waren Jan und Schlorke dann ins Büro gefahren. Dort hatte kurz darauf Müller angerufen und verkündet, dass man den Namen des Eigners der Yacht ermittelt habe. Jan hatte den Namen notiert und war anschließend nach Hause gefahren.

Heute war der erste Advent.

Am Vormittag hatte Jan vollkommen vergessen, die Heizung aufzudrehen. Das holte er jetzt nach, bevor er sich mit einer Decke auf die Couch setzte und wartete, dass die Luft sich erwärmte.

Seine Wohnung bestand aus zwei Räumen sowie einer kleinen Küche und einem schmalen Bad. Einen der mit Parkett ausgelegten Räume nutzte Jan zum Schlafen, den anderen als Wohnzimmer. Hier und da standen Regale mit Romanen und Zeitschriften. Er besaß auch einen Schreibtisch, auf dem ein kaum genutzter Computer verstaubte.

Er empfing selten Gäste, eigentlich niemals. Er fühlte sich wohler, wenn andere Menschen ihn in Ruhe ließen – auch im Advent.

Gestern, am Samstag, hatte Jan einen Kranz mit vier Kerzen gekauft und auf den schmalen Eichentisch vor der Couch gelegt. Das hatte er in den vergangenen Jahren zur Vorweihnachtszeit immer getan und die Zeremonie der vier nacheinander angezündeten Kerzen bis zum vierten Advent durchgehalten.

Im Haus des Mannes, der ihn aufgezogen hatte, hatte es jedes Jahr zur Adventszeit einen Kranz gegeben, und zu Weihnachten hatte er einen Baum hereingeholt, eine Tanne vom Gelände des weitläufigen Schulhofs.

Jan zündete die erste Kerze an. Die Flamme sprang knisternd empor. Dann zupfte er eine Zigarette aus der Schachtel und hielt sie in die Kerzenflamme. Er sog den Rauch tief ein und lehnte sich zurück.

Jetzt ist wieder ein Seemann gestorben, dachte er. Arme Seeleute verdienten früher im Winter Geld mit der Herstellung von Streichhölzern, und wenn Raucher keine Streichhölzer nahmen, nahmen sie den Seeleuten die Existenzgrundlage. So einfach war das.

Es war Jans erste Zigarette an diesem Tag, und sie schmeckte wie verbranntes Gummi. Die Krönung eines misslungenen Sonntags.

Schließlich ging er in die Küche, wo er aus dem Schrank eine Flasche Rotwein nahm, die er für drei Euro im Supermarkt gekauft hatte.

Im Wohnzimmer legte Jan die Füße auf den Tisch, schenkte Wein in ein Glas und betrachtete die Kerzenflamme. Sie bewegte sich kaum, zuckte nur hin und wieder wie unter einem Schluckauf. Unaufhörlich fraß die Flamme vom Wachs und zerstörte damit ihre eigene Lebensgrundlage.

So ist das Leben, dachte Jan.

Alkohol hatte es in dem Haus des Mannes, der Jan aufgezogen hatte, nie gegeben. Alfred Storuman, das war sein Name. Er war Leiter der örtlichen Schule – ein gläubiger Mann mit klaren Prinzipien, die keine Ausnahmen duldeten, und dieser Lehrer war zu einem Baby gekommen wie die sprichwörtliche Jungfrau zum Kinde. Die nächste größere Stadt war etliche Kilometer entfernt, und wenn im Winter viel Schnee fiel, dauerte es manchmal Tage, bis die Wege wieder passierbar waren. Auch an diesem Tag im Januar, an dem Jans Mutter ihre Wehen heftiger spürte, hatte frisch gefallener Schnee das Dorf von der Außenwelt abgeschnitten. Die Räumfahrzeuge brauchten lange, um die Straßen freizuräumen. Zu lange. Es gab im Ort keine Hebamme, auch keinen Arzt. Lena Adrian, deren Eltern jung gestorben waren, rief über Telefon die alte Meta aus der Nachbarschaft an. Sie war weit über achtzig Jahre alt, aber körperlich rüstig und geistig rege. In den letzten Monaten der Schwangerschaft war sie für Lena so etwas wie eine großmütterliche Freundin geworden.

Meta stapfte durch den Schnee und brachte Alfred Storuman mit. In ihrer Sorge hatte sie keinen anderen Rat gewusst, als den Leiter der örtlichen Schule um Hilfe zu bitten. Der Lehrer galt als weise und wurde im Dorf geachtet.

Meta und Lehrer Storuman waren jetzt Lenas einzige Hoffnung, denn der Vater des ungeborenen Kindes war verschwunden, gleich nachdem Lena ihm die Schwangerschaft gebeichtet hatte.

Den Namen seines Erzeugers hatte Jan nie erfahren, auch nicht, ob seine Mutter ihn geliebt hatte.

Weder Meta noch Storuman hatten Erfahrung mit gebärenden Frauen. Sie umsorgten Lena, sprachen ihr gut zu, kühlten ihre Stirn. Nach sechs qualvollen Stunden gebar Lena ihren Sohn.

Während Meta das Baby reinigte, bemerkte der Lehrer, dass Lenas Stirn glühte und ihr Herz raste. Sie fiel in eine tiefe Bewusstlosigkeit, aus der sie niemals wieder erwachte.

Der Lehrer, selbst ohne Frau und kinderlos, bat Meta, sie möge das Baby in ihre Obhut nehmen, aber sie lehnte ab. Sie fühlte sich wegen ihres Alters dazu nicht in der Lage. Schließlich nahm Storuman den Säugling bei sich auf.

Die Dorfgemeinschaft sah den kleinen Jan bald als den rechtmäßigen Sohn des Lehrers an. Die wahren Umstände gerieten in Vergessenheit, und es sollte elf Jahre dauern, bis Jan davon erfuhr.

Storuman erzog den Jungen mit harter Hand und erwartete Disziplin. In der Frühe musste er eine halbe Stunde über die Felder traben und sich anschließend mit eiskaltem Wasser waschen.

In den Augen seiner Mitschüler war Jan ein Streber, weil er in vielen Fächern überdurchschnittliche Noten hatte, und sie meinten, dass Jans Leistungen wohl eher mit dem familiären Band als mit Intellekt zusammenhingen. Gerüchte machten die Runde, böse Geschichten, und die anderen Kinder mieden ihn. Jan wurde zum Einzelgänger.

Als er sieben Jahre alt war, fragte er Storuman, wo die Mutter sei, schließlich hätten doch alle Kinder eine Mutter. Der

Alte, der gewusst haben musste, dass diese Frage eines Tages kommen würde, hatte die Antwort vor sich hergeschoben und daher nicht die richtigen Worte parat gehabt, um Jan schonend mit der Wahrheit zu konfrontieren. Also erklärte er nur, die Mutter sei bei der Geburt gestorben. Mehr nicht.

Jan wagte es nicht, weiter zu fragen.

Erst mit elf Jahren erfuhr er die ganze Wahrheit. Er musste damals die Schule wechseln, besuchte nun die fünfte Klasse einer Orientierungsstufe in einem benachbarten Ort. Auch ein Junge namens Fred, ein kräftiger Kerl, ging in diese Klasse.

Fred hatte Jan zu seinem Prügelknaben auserkoren, ärgerte und schlug ihn, wann immer er dazu Lust hatte. Eines Tages jedoch schlug Jan zurück. Fred beklagte sich bei seinem Vater, der geradewegs zum Dorflehrer marschierte und ihn mit Jans Untat konfrontierte. Storuman wusste sich nicht anders zu helfen, als dem Vater die Wahrheit über Jans Herkunft zu erzählen, während Fred die Ohren spitzte.

Am nächsten Schultag rieb er Jan die Sache unter die Nase. Jan lief nach Hause und sprach Storuman darauf an. Jetzt erzählte ihm der Alte, dass er es war, der ihm den Namen Jan gegeben und ihn wie seinen eigenen Sohn bei sich aufgenommen hatte – weil Jans Vater verschwunden war.

Der Vater. Ein Wegläufer, ein Feigling.

Für Jan brach die Welt zusammen. Das strenge Gefüge, das die Erziehung in ihm aufgebaut hatte, zerfiel.

5. Kapitel

Um halb acht erreichte Jan das Kommissariat. Er nickte dem Pförtner zu und stieg hinauf in den zweiten Stock, in dem sich sein Büro befand. Auf dem Gang traf er Tammo Jaeger. Der Kollege arbeitete seit mehr als zwanzig Jahren bei der Polizei in Rostock, länger war nur Adamski im Geschäft.

»Adamski hat eine Runde einberufen«, sagte Jaeger. »In fünf Minuten im Besprechungszimmer.«

Jan öffnete die Tür zu seinem Büro, hängte die Jacke in den Schrank, nahm einen Zettel mit Notizen aus seiner Tasche und verließ das Büro wieder.

Die anderen aus seiner Abteilung hatten im Besprechungszimmer bereits Platz genommen. Papiere wurden herumgereicht. Auf der einen Seite des Tischs saß Jaeger, ihm gegenüber Hans Sanders, der mit einem Taschentuch seine Nase putzte, daneben Rudi Schlorke – die Haare von der Stirn bis in den Nacken gegelt. Am Ende des Tisches: Otfried Adamski, der Chef, die Hemdsärmel hochgekrempelt, die Unterarme fest auf die Tischplatte gestützt.

Adamski nickte Jan zu, Sanders und Schlorke beachteten ihn nicht. Jan setzte sich neben Jaeger. Die Runde war komplett.

Adamski räusperte sich. »Wir kommen gleich zur Sache. Aber zuvor will ich euch etwas mitteilen – eine Angelegenheit, die zumindest für mich erfreulich ist. Nun, hoffentlich.« Er hustete in seine Faust. »Also, meine Herren, ich will keine große Rede schwingen. Aber bevor irgendwelche Gerüchte im Haus die Runde machen und ihr es aus zweiter Hand erfahrt, bekommt ihr es jetzt aus erster Hand: Ich werde ins Innenministerium wechseln. Die Schweriner Kollegen haben mich gefragt, und ich habe mir die Entscheidung nicht leicht gemacht. Die wollen von meinen Erfahrungen profitieren, bevor ich mich in ein paar Jahren in den Ruhestand absetze. Eine letzte Herausforderung für mich. Vielleicht. Ihr müsst mich also noch bis zum Sommer ertragen, dann seid ihr mich los. Über meine Nachfolge ist das letzte Wort noch nicht gesprochen. Eine Entscheidung dazu wird's wohl auch nicht vor dem Sommer geben.«

Adamski presste seine Lippen zusammen, als wolle er ein Lächeln unterdrücken und fixierte die Kollegen. Einen nach dem anderen. Tammo Jaeger, Jan Adrian, Hans Sanders, zum Schluss Rudi Schlorke.

Dass Adamski in einigen Jahren in Rente gehen würde, war klar gewesen, aber dass er die Abteilung so schnell verlassen würde, war überraschend.

»Wie ich sehe, ist eure Trauer unermesslich«, sagte Adamski und erlaubte sich jetzt ein breites Grinsen, bevor er wieder ernst wurde: »Keine Tränen, bitte – es gibt Schlimmeres. Adrian und Schlorke, ihr seid dran. Und beschränkt euch auf die Fakten.«

Schlorke ergriff als Erster das Wort. »Wir haben also die Wasserleiche aus der Ostsee. Irgendjemand hat dem Mann einen Scheitel gezogen, vielleicht mit einer Axt. Das war kein schöner Anblick.« Er deutete auf Jan, der fortfahren sollte.

»Der Wasserschutz hat eine Segelyacht entdeckt«, sagte Jan. »Das Schiff trieb nahe der Fahrrinne und wäre beinahe mit einer Fähre kollidiert. Es befand sich niemand an Bord, aber in der Kajüte jede Menge Blut.«

Adamski atmete laut aus. »Besteht ein Zusammenhang zwischen der Wasserleiche und der Yacht?«

»Ist gut möglich«, sagte Jan. »Grzymek hat sich die Yacht gleich noch gestern vorgenommen und Spuren gesichert. Das

Blut wird in der Rechtsmedizin untersucht und mit dem des Toten verglichen ...«

»Sanders«, sagte Adamski, »geh rüber und mach Grzymek Beine. Ich will seinen Bericht so schnell wie möglich haben.«

Sanders nickte, sein Gesicht war aufgequollen, seine Augen blutunterlaufen. Er erhob sich und schlurfte zur Tür.

»Ach, Sanders«, rief ihm Adamski hinterher. »Wenn du das mit Grzymek erledigt hast, fährst du nach Hause. Zieh dir die Decke über die Ohren. Ich will dich hier erst wieder sehen, wenn du gesund bist.«

Sanders verließ das Besprechungszimmer.

»Ich nehme an, ihr habt inzwischen den Namen des Eigners dieser Yacht herausbekommen«, meinte Adamski.

Jan schaute auf seinen Zettel. »Golombek«, sagte er. »Augustin Golombek, verheiratet, zwei Kinder. Lebt im Stadtteil Gehlsdorf und arbeitet als Finanzberater. Mehr wissen wir noch nicht.«

»Augustin Golombek?«, wiederholte Jaeger überrascht.

Adamski hob die Augenbrauen. »Sagt dir der Name etwas?«

»Ich kenne viele Leute in der Stadt«, antwortete Jaeger. »Vielleicht gibt es eine Handvoll Menschen, die Golombek heißen. Aber sicher nur einen Augustin Golombek und nur einen Finanzberater mit diesem Namen.«

»Ja und?«, fragte Adamski, »kennst du den?«

Jaeger zog ein Gesicht, als hätte ihm jemand Zitronensaft ins Auge gespritzt. »Ja, wenn es sich dabei wirklich um ein und dieselbe Person handelt, dann kenne ich ihn. Aber die Geschichte ist mir – ehrlich gesagt – ziemlich peinlich.«

»Darauf können wir keine Rücksicht nehmen, alter Junge«, sagte Adamski.

Jaeger drückte mit dem Zeigefinger gegen seine Nase. »Es geht um Aktien. Diese Geschichten vor ein paar Jahren, da waren Aktien das Thema Nummer eins. Neuer Markt und der DAX und diese ganzen Dinge. Ich hab mir gedacht, du brauchst dein Geld nur in irgendwelche dieser Papiere zu stecken, und bald wird der ganze Mist das Doppelte wert sein. War ja auch eine Zeitlang so.« Jaeger fingerte aus seinem Jackett eine Zigarettenschachtel, zündete sich eine Zigarette an und inhalierte tief. Ein Schimmer von Traurigkeit hatte sich über das runde, rote Gesicht gelegt.

Adamski griff hinter sich, nahm vom Fensterbrett den alten Aschenbecher mit der Aufschrift *Die Polizei – Dein Freund und Helfer* und schob ihn Jaeger zu.

Jaeger nickte abwesend und fuhr fort. »Ich hatte Geld gespart. Ich wollte meiner Frau eine Weltreise schenken, mit einem Kreuzliner, mit so einem Schiff, wie sie manchmal in Warnemünde liegen. *Norwegian Dream* oder *Seabourn Pride*. Herrliche Schiffe. Aber so eine Reise kostet viel Geld. Ein Freund gab mir damals den Tipp, auf Aktien zu setzen. Aktien kaufen. Vermögen steigt. Aktien verkaufen. Weltreise machen. Und dann kam Golombek – Augustin Golombek – ins Spiel. Mein Freund meinte, der Mann habe ein beinahe unheimliches Gespür für Geld.« Jaeger rollte die Zigarette zwischen seinen Fingern hin und her. »Ich bin also zu diesem Golombek gegangen, in sein feines Büro in der Innenstadt. Der Mann machte auf mich einen guten Eindruck, seriös, erstklassige Manieren, gepflegt, freundlich, und er schien wirklich etwas zu verstehen von dem Thema, von den Aktien.«

Es entstand eine kurze Pause.

»Ich habe dem Mann mein ganzes Geld überwiesen«, sagte Jaeger schließlich.

»Ja, ja«, sagte Schlorke. »Der Kapitalismus. So ist er.« Dann lehnte er sich zurück, strich sich über den Bauch und sah dabei auf irgendeine Weise zufrieden aus.

Jaeger überging den Einwurf. »Mein ganzes Geld«, sagte er. »Zunächst lief ja auch alles so, wie es sollte. Das Geld wurde mehr und mehr. Bis die Aktienblase platzte. Die Papiere rauschten in den Keller, und trotzdem meinte Golombek, ich solle Ruhe bewahren. Das werde sich schon wieder einrenken. Und ich glaubte ihm und brachte ihm mein letztes Geld wie ein Hund seinem Herrchen die Stöckchen.« Jaeger hielt kurz inne, als wäre er selbst von seinem Vergleich ein wenig überrascht. »Irgendwann war aber Schluss – ich konnte nicht mehr. Die Ersparnisse weg, die Börse weiter auf Talfahrt. Golombeks heiße Tipps waren nur Luftnummern gewesen.«

»Mhm«, machte Adamski und wartete, ob Jaeger noch etwas hinzufügen wollte. Aber der schwieg und stopfte die Zigarette in den Aschenbecher.

Adamski wandte sich an Jan. »Du hast doch Golombeks Adresse. Fahr hin, schau dich in seiner Wohnung um und besorg ein Foto von ihm.«

In dem Moment öffnete sich die Tür. Es war Sanders, der mit einem Papier wedelte und mit heiserer Stimme sagte: »Grzymeks Bericht!« Er schob Adamski den Zettel zu. »Es gibt Fingerabdrücke, die noch mit denen des Toten verglichen werden müssen«, sagte Sanders. »Außerdem hat Grzymek Spuren von Schuhabdrücken in der Blutlache entdeckt. Von Stiefeln – vielleicht von welchen, wie Soldaten sie tragen, meint er. Falschirmspringerstiefel«

»Noch was?«, fragte Adamski, der den Zettel nur rasch überflogen hatte.

»Es gab Lackspuren an der Außenwand des Schiffs.«

»Lackspuren?«

»Ja, da sind einige rote Streifen, die vermutlich von dem Anglerboot stammen, das die Yacht gerammt hat. Und dann sind da noch andere, blaue und gelbe. Grzymek meinte, die seien ebenfalls noch ziemlich frisch.«

»Ein anderes Boot?«

»Vielleicht – Grzymek war sich nicht sicher. Er hat Proben mitgebracht, die werden im Labor untersucht.«

Adamski gab Schlorke den Auftrag, zur Wasserschutzpolizei zu fahren. Er sollte Grzymek mitnehmen, damit sie sich die Yacht noch einmal vornahmen – gründlich, wie er betonte. Vielleicht hatten sie am Vortag etwas übersehen, soll ja vorkommen. »Und du, Jaeger«, sagte Adamski, »hast ein Rendezvous mit unserer Wasserleiche in der Rechtsmedizin. Ich will wissen, ob der Tote dein Geldvernichter ist.«

Dann löste sich die Runde auf, und Jan machte sich auf den Weg zu der Adresse, die ihm Müller von der Wasserschutzpolizei in den Block diktiert hatte.

6. Kapitel

Das Haus war ein Kasten aus Beton mit gelben und orangefarbenen Wänden. Daneben stand ein weiterer Kasten und dann noch einer. Wie gewaltige Schläuche zogen sich die Hochhäuser im Plattenbauviertel an den Straßen entlang. Aus ihren Wänden glotzten Fenster wie tote Augen, und durch eins der Fenster schaute eine junge Frau auf die Straße hinunter. Ihr Name war Jelena. Sie war zwanzig Jahre alt und in den vergangenen Monaten um ihr ganzes Leben gebracht worden – um das vergangene Leben und alles, was noch kommen würde. Zu Jelenas Füßen lag die Stadt, die sie kaum kennen gelernt hatte. Sie sah Autos fahren und Menschen spazieren gehen. Frei und ohne Angst. Hinten, am Ende der Straße, hatten sie eine Tanne aufgestellt und mit einer Lichterkette geschmückt.

Jelena ging in die Küche und erhitzte auf dem Herd einen Topf voll Wasser. Dann spülte sie Teereste aus dem Becher, hängte einen frischen Teebeutel hinein und wartete, dass das Wasser kochte.

So sahen ihre Tage aus: Sie schaute aus dem Fenster und trank Tee. Nachts versuchte sie zu schlafen, wenn die Träume sie ließen.

Manchmal kam *er* und brachte ihr Lebensmittel. Er war ein guter Mann – krank, aber gut. Anders als die Männer, die in den vergangenen zwei Jahren zu ihr gekommen waren. Aber *er* zwang sie nicht dazu, Dinge zu tun, die sie nicht wollte, vor denen sie sich ekelte. Dinge, die ihr wehtaten.

Als das Wasser kochte, schüttete sie es über den Beutel. Dann setzte sie sich auf den Stuhl und beobachtete den Dampf, der aus dem Becher aufstieg.

Jelena liebte Tee. Starken Tee mit viel Zucker – so wie sie ihn aus ihrer Heimat kannte. Und dort konnte ihn niemand besser zubereiten als ihre Mutter, die das Teewasser jeden Morgen über einer brausenden Gasflamme kochte.

Gleich nach dem Ende ihrer Schulzeit hatte Jelena in einem Betrieb im Nachbarort zu arbeiten begonnen. Es war ein Werk, das Farben herstellte, und Jelena hantierte dort ohne Schutzkleidung mit giftigen Chemikalien.

Sie hasste diese Arbeit, aber die Familie brauchte das Geld. Jelenas ältere Schwestern Larissa und Ludmilla arbeiteten in einer größeren Stadt, die viele Kilometer entfernt war. Sie kellnerten in Gaststätten, halfen in der Küche; sie erhielten noch weniger Geld als Jelena.

Ihr Vater war gestorben, als sie elf war.

Viele Jahre später lernte ihre Mutter diesen jüngeren Mann kennen, Sergej, der bald darauf bei ihnen einzog. Er war faul, stieg erst am Vormittag aus dem Bett und ließ sich von der Mutter bedienen.

Aber er hatte Geld. Und das zählte. Nur das.

Zwei Wochen, nachdem Sergej sich in ihrer Hütte und ihrem Leben breitgemacht hatte, brachte er einen Freund mit. Das war an einem Herbstabend, den Jelena, die damals achtzehn war, niemals vergessen würde. Der Freund hieß Bogdan und hatte etwas zu essen dabei. Die Mutter legte ein weißes Tuch auf den Tisch und stellte Kerzen darauf. Sie zog ihr bestes Kleid an und bat Jelena, sich ebenfalls hübsch zurechtzumachen.

Dann muss es ein besonderer Abend werden, dachte Jelena.

Bogdan servierte Filet vom Rind und perlenden Sekt, während sie aßen und über dieses und jenes plauderten.

Nach dem Essen schob er seine Hand neben Jelenas Arm und begann ganz beiläufig, ihn zu streicheln. Die Haut seiner

Finger war glatt und weich, vermutlich hatte er niemals schwer gearbeitet. Als sie sich zu ihm drehte, schaute er ihr tief in die Augen, und dann machte er sein Angebot.

Er könne ihr eine andere Arbeit vermitteln. Eine bessere und leichtere Arbeit in einem reichen Land. Mit Kellnern und solchen Sachen würde sie ein Vielfaches dessen verdienen, was ihre Schwestern bekamen.

Jelena leerte ihr Glas und fühlte sich leichter. Ihre Mutter hatte damals schweigend den Kopf gesenkt und das weiße Tischtuch so intensiv betrachtet, als würde sie nach einem Dreckfleck suchen, aber Sergej lächelte und schenkte Sekt nach.

Es liege ganz allein an ihr, erklärte Bogdan. Sie habe das Glück in ihrer Hand und könne genug Geld verdienen, um der Familie davon abzugeben.

Jelena bat sich Bedenkzeit aus.

Bald darauf begann die Reise.

7. Kapitel

Es war ein großes Haus, ausladend und wuchtig, mehrere Etagen mit Türmchen und allerlei Verzierungen; ringsherum standen in einem Park alte Bäume, die jetzt im Spätherbst ohne die Blätter nackt und schutzlos wirkten. Jan betrachtete das Anwesen. Zu viel Gedöns, dachte er und erinnerte sich an die Troddeln, die an den Sessellehnen im Haus des Lehrers gehangen hatten.

Es war kurz nach zehn am Vormittag, als Jan hinter einem massiven Zaun aus gusseisernen Speeren stand, die ihn um das Doppelte überragten. In einen Pfeiler war eine Leiste mit goldenen Klingeln eingelassen. Daneben waren die Namen gedruckt. Den von Golombek musste er nicht lange suchen, der stand gleich obenan.

Jan betätigte die goldene Klingel. Nichts geschah. Er drückte erneut. Wieder keine Reaktion. Er las die anderen Schilder und fand eines, auf das *Wohnungsverwaltung* gedruckt war.

Kaum, dass er den Knopf berührt hatte, schnarrte die Anlage, und eine rostige Stimme fragte: »Ja, bitte?«

»Ich möchte zu Augustin Golombek«, erwiderte Jan in die Anlage.

»Wenn Herr Golombek nicht öffnet, ist er wohl nicht zu Hause.«

»Er öffnet nicht.«

»Aha!«

Jan hob den Blick und entdeckte sogleich, was er gesucht hatte. Oben auf dem Pfeiler war eine Videokamera angebracht. Er fischte aus der Jacke seinen Ausweis hervor, reckte sich und hielt die Karte so nah wie möglich unter die Linse.

»Polizei«, sprach er in die Anlage. »Öffnen Sie bitte das Tor!«

Einige Sekunden geschah nichts, dann hörte Jan ein metallisches Klicken. Das Tor schwang auf. Jan trat hindurch und folgte einem gepflasterten Weg, der einen Abhang hinunterführte und am Haus endete.

Dort wurde er bereits erwartet.

Als Jan vor dem Haus hielt, wurde die Eingangstür ein Stück weiter geöffnet. Ein gedrungener Mann mit einer polierten Glatze, von der die Ohren abstanden wie Tassenhenkel, und einer rote Nase, auf die eine Brille mit kreisrunden Gläsern geschoben war, fragte von unten zu ihm hinauf: »Sie wollen zu Herrn Golombek? Ja? Was wollen Sie denn von Herrn Golombek?«

»Erst einmal möchte ich wissen, ob er zu Hause ist«, erwiderte Jan.

»Er hat nicht geöffnet, also ist er nicht zu Hause.«

»Wohnt er alleine? Ist sonst niemand anwesend?«

Das rotnasige Männlein hob und senkte die Schultern. »Ich weiß gar nicht, ob ich Ihnen das sagen darf.«

»Sind Sie der Hausmeister?«, fragte Jan.

»Hausmeister«, wiederholte das Männlein, und seine Kiefer mahlten, als kaute er auf dem Wort herum. Dann streckte es seinen Hals aus dem Kragen und richtete sich zur vollen Größe auf. »Ich bin der Facility-Manager.«

»Wie schön«, sagte Jan. »Besitzen Sie denn einen Schlüssel für Golombeks Wohnung?«

»Sicher! Sicher habe ich einen Schlüssel.«

»Dann schließen Sie mir bitte seine Wohnung auf.«

»Moment. Haben Sie überhaupt einen Durchsuchungsbefehl? Wenn nicht, darf ich Sie nicht einlassen.«

»Mein Gott!«, rief Jan. »Es könnte sein, dass Herrn Golombek etwas zugestoßen ist, und wir stehen hier draußen im

Wind und halten Smalltalk. Jetzt rücken Sie endlich den Schlüssel raus!«

Seine Worte, laut und energisch vorgetragen, trafen den anderen wie ein Hieb auf die Nase. Er fuhr zusammen und zog Hals und Kopf zwischen Kragen und Schultern zurück.

Eine Böe fauchte um die Hausecke. Das F-Irgendwas-Männlein senkte den Blick auf den gepflasterten Weg. »Kommen Sie mit.«

Jan folgt ihm, und sie stiegen eine Treppe hinauf, dann noch eine und noch eine. Die Stufen glänzten. Marmor, dachte Jan. Edel und kalt.

Im dritten Stockwerk hielt das Männlein schließlich vor einer Tür und blickte Jan forschend über die Schulter an. »Ich werde Ärger bekommen.«

»Von mir erfährt niemand etwas«, entgegnete Jan.

Das Männlein seufzte. Es kramte aus seinem Kittel ein klimperndes Bund, betastete liebevoll die einzelnen Schlüssel und hielt endlich einen in die Höhe. »Dafür werde ich großen Ärger bekommen.«

Jan sagte nichts.

Der Hausmeister steckte den Schlüssel ins Schloss. Es klickte zweimal, die Tür öffnete sich, und Jan schob sich schnell in die Wohnung.

Auf dem Boden eines geräumigen Wohnzimmers lagen feine Teppiche. An der einen Seite befand sich ein riesiger, flacher Fernseher, so breit, wie das Männlein hoch, daneben standen Regale mit Büchern. In die gegenüberliegende Wand war ein Kamin eingebaut. Es gab einen Schreibtisch und drei Ledersessel. Alles stand an seinem Platz, nichts lag herum, nichts schien dem Zufall überlassen zu sein. Keine Unordnung, kein Staub.

Steril, dachte Jan. Oder tot.

Der Raum lief an einer Fensterfront aus, die den Blick auf die Silhouette des Rostocker Stadthafens freigab. Die Warnow, die Altstadt und über allem die Türme der Kirchen; die wuchtige Marienkirche dominierte das Panorama.

Jan steuerte auf eine Tür zu, hinter der sich im Schlafzimmer ein riesiges Bett befand. Die weißen, steifen Decken darauf waren akkurat zusammengelegt, die Kissen mittig scharf gefaltet wie in einem Hotel. Auch in der Küche und dem Bad gab es keinen Staub, keine Unordnung.

Das Männlein war Jan gefolgt und sagte: »Ich werde verdammt großen Ärger bekommen.«

Jan atmete tief ein und wieder aus. »Wann haben Sie Golombek das letzte Mal gesehen?«, fragte er dann.

»Samstag. Er hat am Samstagvormittag das Haus verlassen.«

»Heute ist Montag. Ist es üblich, dass er so lange fortbleibt?«

Der Hausmeister dachte kurz nach. »Nun ja. Über die Wochenenden ist er häufig unterwegs. Er hat eine Yacht, müssen Sie wissen. Eine schöne Yacht. Aber eigentlich kommt er immer sonntags zurück. Er muss ja arbeiten. Er ist ein fleißiger Mann.«

Jan verließ das Schlafzimmer und schaute sich erneut im Wohnzimmer um. Er steuerte auf den Schreibtisch zu. Das Männlein schlurfte hinter ihm her, wobei es an seiner roten Knubbelnase herumknetete.

Auf dem Schreibtisch lag ein Stapel mit unbenutztem Papier. Ein Füllfederhalter mit goldener Kappe lag parallel ausgerichtet daneben.

»Gibt es ein Foto von Augustin Golombek?«, fragte Jan.

»Was weiß ich? Ich schnüffele doch nicht in den Angelegenheiten der Bewohner herum.«

Jan zog die oberste Schublade des Schreibtisches heraus und fand mehrere Sammelordner. Er klappte einen auf, darin lagen Zettel mit Tabellen und Zahlen. Viele Zahlen, auf die sich Jan keinen Reim machen konnte. Er legte die Ordner nacheinander auf den Tisch und entdeckte schließlich, was er gesucht hatte. Ein Passfoto. Es zeigte einen Mann von vielleicht sechzig Jahren, der nicht unsympathisch aussah. Lachfalten um die Augen, kurzgeschnittenes, dunkles Haar, an den Seiten leicht ergraut. Der Mann auf dem Foto lächelte.

So sehen sie also aus, wenn sie dir Aktien verkaufen wollen, dachte Jan.

»Ist er das?«, fragte er.

Der Hausmeister trat näher heran und stupste die Brille dichter vor seine Äuglein. Jan bemerkte, dass er nach Alkohol roch.

»Ja, das ist er, der Herr Golombek.«

Jan verstaute das Bild in seiner Jacke. »Danke«, sagte er und wandte sich zum Gehen.

Der Hausmeister nahm rasch die Unterlagen und legte sie zurück in die Schublade.

Jan drehte sich noch einmal zu ihm um. »Lebt Golombek allein?«, fragte er. »Soviel ich weiß, ist er verheiratet.«

»Nun ja, seit einiger Zeit lebt Herr Golombek allein.«

»Was heißt: seit einiger Zeit?«

»Frau Golombek ist – wie soll ich sagen? – sie ist im Moment halt woanders untergebracht.«

»Guter Mann«, knurrte Jan. »Wie soll *ich* erst sagen? Sie gehen mir auf die Nerven. Wenn Golombek unser Mann ist, dann kommen sehr bald ganz viele Polizisten in Ihr sauberes Haus, und dann werden Sie uns ganz viele Fragen beantworten müssen. Also noch einmal: Wo ist Frau Golombek?«

Das Männlein zupfte an seinen Henkelohren. »Sie wurde eingewiesen. Vor einigen Wochen. Ich glaube im Oktober, vielleicht auch September – sie ist jetzt in einer Klinik. Wirklich bedauerlich. So eine nette Frau.«

»Und was ist das für eine Klinik?«

»Die Nervenklinik, die Heilanstalt hier in Gehlsdorf.«

»Heilanstalt?«, wiederholte Jan. »Und warum ist sie dort?«

»Weiß nicht«, sagte das Männlein, während es seine Glatze streichelte, mit zittrigen Fingern, die sich nach einem Schluck zu sehnen schienen.

»Und wie heißt Frau Golombek mit Vornamen?«, fragte Jan.

Der Hausmeister schaute ihn irritiert an.

»Golombeks haben zwei Kinder«, startete Jan einen weiteren Versuch. »Wo wohnen die, und wie alt sind sie?«

»Warum wollen Sie das alles wissen? Ich habe Ihnen schon viel zu viel erzählt. Ich werde wirklich – verdammt noch mal! – großen Ärger bekommen.«

»Beantworten Sie mir noch diese Fragen, dann sind Sie mich los. Vorerst.«

»Ich weiß nicht, wie alt die Kinder sind. Vielleicht dreißig, vielleicht jünger oder älter. Sie leben irgendwo in der Innenstadt, waren lange nicht mehr hier. Nur die Tochter kam irgendwann mal vorbei.«

Jan gab auf und ließ das Männlein ohne Abschied stehen. Verließ die Wohnung, das saubere Haus, den Park und schlug das Tor hinter sich zu.

Vielleicht ist Frau Golombek gesprächiger, dachte er, als plötzlich sein Handy klingelte.

Am Apparat meldete sich Adamski. »Tammo Jaeger hat den Aktienspezi identifiziert«, sagte er. »Er ist sich sicher, dass der Tote Augustin Golombek ist.«

Jan berichtete kurz von dessen Wohnung. Dass er dort ein Passfoto gefunden habe und nun auf dem Weg sei, Frau Golombek einen Besuch in der Klinik abzustatten.

Adamski hielt das für eine gute Idee.

8. Kapitel

Beim Abschied stand die Mutter auf der Veranda und schaute ihnen nach. Jelena glaubte, Tränen in ihren Augen gesehen zu haben. Die Mutter winkte nicht. Sie stand nur da und ließ die schmalen Schultern hängen.

Bogdan, der am Steuer saß, sang Lieder. Alte Volkslieder, die die Schönheit ihrer Heimat besangen, und manchmal sang Jelena mit. Sie war neugierig auf Deutschland, das Land, in das die Reise sie führen sollte.

Nach vielen Stunden passierten sie die Grenze nach Weißrussland und aßen später in einer kleinen Gaststätte. Die Fröhlichkeit und das Lachen waren mittlerweile aus Bogdans Gesicht verschwunden, er wirkte nun steif und nervös und lachte nicht mehr.

Sie fuhren weiter, und später erwachte Jelena in der Dunkelheit, als Bogdan gerade irgendwo den Wagen parkte.

Sie solle aufstehen und sich beeilen, rief er.

Jelena sah draußen Lampen, die mattes Licht auf Straße und Häuser warfen. Sie sah alte Gebäude mit eingeschlagenen Scheiben und zerfallenen Dächern. Auf der Straße spielte der Wind mit schmutzigem Papier.

Warum ist es hier so dreckig?, dachte sie. Ist das das reiche Deutschland?

Bogdan zerrte sie aus dem Wagen. Sie würden hier einen Freund treffen, sagte er. Der bringe sie dann weiter nach Deutschland.

In dem Gebäude, das sie betraten, stank es nach Abfall und Urin. Neben dem Eingang verweste ein Ratte. Bogdan führte Jelena eine knarzende Treppe hinauf und klopfte im ersten

Stock an eine Tür, die gleich drauf von einem jungen Mann geöffnet wurde. Er trug einen feinen Anzug und begrüßte sie höflich. Sein Name sei Piotr, sagte er und bat sie in die Wohnung. In einem Raum standen mehrere Stühle an einem Tisch. Die Tapeten schimmelten. Piotr bot Jelena einen Stuhl an, und sie setzte sich. Bogdan nahm neben ihr Platz, während sich Piotr ihnen gegenüber in Stellung brachte, eine Tasche auf den Tisch legte und daraus Zettel und Stift hervorholte. Sie müssten nur rasch diesen Papierkram erledigen, erklärte er. Dann werde er sie über die polnische Grenze nach Deutschland bringen. Es sei nur eine Kleinigkeit. Er schob ihr Zettel und Stift zu. Sie müsse das bitte unterschreiben. Man habe schließlich Unkosten gehabt für Jelenas Reise und ihre Arbeitsvermittlung. 3000 Dollar. Aber sie werde viel Geld verdienen und ihre Schuld begleichen können. Spätestens nach vier, fünf Wochen, meinte Piotr. Und jetzt einfach unterschreiben. Bitte!

Jelena nahm Zettel und Stift und unterschrieb an der Stelle, auf die Piotr mit dem Zeigefinger getippt hatte. Er nahm den Zettel wieder an sich, prüfte die Unterschrift und schob das Papier zurück in die Tasche. Er grinste. Gut, sagte er, nun könne man fahren.

Bogdan legte eine Hand auf Jelenas Knie und drückte zu. Er hatte einen festen Griff.

Sie spürte, dass sich etwas verändert hatte.

»Gute Reise«, sagte Bogdan. Dann lachte er wieder.

9. Kapitel

Der Park erstreckte sich bis ans Ufer der Warnow, und unter Buchen und Eichen duckten sich in dem weitläufigen Gelände einige Gebäude.

Es nieselte.

Jan tippte gegen den Schalter für den Scheibenwischer. Nachdem er einige Minuten die Gebäude betrachtet hatte, verließ er den Wagen und steuerte auf eine Villa zu, die dem Parkplatz am nächsten war. Er stieg die Stufen empor und drückte eine schwere Eingangstür auf, hinter der es nach scharfem Putzmittel roch.

Er entdeckte eine Tür, an der ein Schild mit dem Wort *Anmeldung* angebracht war. Ohne zu klopfen, betrat er die Anmeldung, ein geräumiges Zimmer mit dunkelbraunen Möbeln an den Wänden und einem wuchtigen Schreibtisch, der von exotischen Grünpflanzen flankiert wurde. Hinter dem Tisch saß eine Frau mit schulterlangen, roten Haaren und einer kreisrunden Brille. Sie hob ihren Kopf, und Jan überlegte, ob er sie attraktiv fand. Rothaarige Frauen hatten etwas, das ihn anzog.

»Können Sie nicht anklopfen?«, fragte sie und riss mit einer energischen Bewegung die Brille von ihrer Nase.

»Jan Adrian, Kripo Rostock«, stellte er sich vor. »Ich bin auf der Suche nach Frau Golombek.«

»Zeigen Sie mir Ihren Ausweis!«, forderte sie ihn auf, wobei sie versuchte, ihrem freundlichen Gesicht einen verärgerten Ausdruck zu geben.

Er zückte den Ausweis, trat vor den Schreibtisch und hielt ihr die Karte hin. Sie warf einen Blick darauf, bevor sie sich erhob und mit raschelndem Kleid zu einer Tür fegte. Sie klopfte zweimal, öffnete die Tür und verschwand.

Jans Blick fiel auf den Schreibtisch. Darauf stand, leicht versteckt hinter Büchern, eine Schale mit Körnern. Sonnenblumenkerne. Ob er die Rothaarige bei der Mahlzeit gestört und deshalb ihren Ärger auf sich gezogen hatte?

Hinter dem Schreibtisch war ein breites Fenster. Bei schönem Wetter mochte das ein angenehmes Plätzchen sein, aber jetzt, im November, war der Park grau und verwelkt. In der Nähe standen zwei Eichen in gebührendem Abstand voneinander entfernt, sie waren alt und schienen wie in einer Bewegung erstarrt.

Zwischen den Bäumen sah Jan eine Frau in dunklen Kleidern. Vermutlich war sie alt, aber Jan konnte ihr Gesicht nicht deutlich erkennen. Sie war mit einem schwarzen Rock, einer schwarzen Jacke und einem schwarzen Kopftuch wie auf einer Beerdigung bekleidet. Sie hielt einen Stock in der Hand, mit dem sie über den Boden wischte, als tastete sie nach Hindernissen.

Plötzlich erfasste eine Bö ihre Kleidung, zerrte daran und wehte ihr das schwarze Tuch vom Kopf. Weiße, lange Haare sprangen darunter hervor und türmten sich im Wind auf wie eine Haube. Für den Bruchteil einer Sekunde schwebte das Tuch über ihrem Kopf, bevor es aufflog, und die nächste Bö trug es aus Jans Blickfeld. Die schwarze Frau mit den weißen Haaren war stehen geblieben, erstarrt wie die Eichen, und drehte Hilfe suchend ihren Kopf. Dann wanderte ihr Blick zum Fenster und verharrte. Jetzt konnte Jan ihr Gesicht erkennen.

Kann sie mich auch sehen?, dachte er. Und es war ihm peinlich, dass er ihr Unglück mit angesehen hatte. Schnell wandte er den Blick ab und studierte die Bücherrücken in den Regalen. Medizinische Fachliteratur.

Als er kurz darauf erneut einen Blick aus dem Fenster wagte, war die Frau verschwunden. Auf der linken und der rechten Eiche hockte jeweils ein fetter, schwarzer Vogel. Vielleicht Raben.

Aber er kam in seiner ornithologischen Betrachtung nicht weiter, denn in dem Moment öffnete sich die Tür. Die Rothaarige kam zurück und deutete mit dem Daumen hinter sich. »Herr Professor Pawlitzki erwartet Sie.«

Jan nickte, schob sich an ihr vorbei und traf in dem Raum hinter der Tür auf einen langen, dürren Mann, der ihm die rechte Hand reichte. Jan ergriff sie und spürte harte Finger.

»Pawlitzki«, sagte der Mann.

»Adrian«, erwiderte Jan. Er musste seinen Kopf in den Nacken legen, um dem Professor in die Augen schauen zu können.

Pawlitzki trug einen weißen Kittel, eine weiße Hose und weiße Schuhe. Nur sein dunkles, gelocktes Haar passte nicht zu der hellen Erscheinung. Sein schmales Gesicht lief zusammen in einer spitzen Nase, die wie ein Schnabel hervorstach.

»Ich habe gehört, dass sich Frau Golombek in dieser Klinik aufhält«, sagte Jan.

»Frau Golombek«, wiederholte Pawlitzki. »In welcher Angelegenheit suchen Sie sie, wenn ich fragen darf?«

»Sie dürfen. Ihr Mann ist gestorben.«

»Oh«, machte der Professor. Seine knochigen Finger schlüpften aus Jans Hand, und er ließ sich hinter dem Schreibtisch in einen Sessel fallen. Leder quietschte, und Pawlitzki seufzte. Dann beugte er sich vor, stützte die Unterarme auf die Tischplatte, faltete die Hände und tippte mit den Spitzen seiner Finger dreimal gegen seine Nasenspitze. Dann machte er noch einmal: »Oh!«

Ohne auf eine Aufforderung zu warten, ließ sich Jan im Besuchersessel vor dem Schreibtisch nieder.

Pawlitzki starrte ihn an und schwieg.

»Ich möchte Frau Golombek einige Fragen stellen«, sagte Jan.

Pawlitzki zog langsam die Arme an und lehnte sich in dem Sessel zurück. »G-o-l-o-m-b-e-k«, buchstabierte er den Namen.

»Ja, Golombek, ihren Vornamen kenne ich noch nicht. Sie soll vor einigen Wochen in Ihre Klinik gekommen sein.«

Der Professor bewegte wie in Zeitlupe seinen Kopf von der einen Schulter zur anderen und wieder zurück. Eulenartig. Seine Halswirbel knackten, und während er diese merkwürdige Gymnastik veranstaltete, ließ er Jan nicht aus den Augen.

»Sie haben recht«, sagte Pawlitzki dann. »Gertrud Golombek ist bei uns eingeliefert worden.«

»Na also. Dann bringen Sie mich bitte zu ihr.«

Pawlitzki hob abwehrend eine Hand. »Moment! Das ist nicht so einfach, wie Sie sich das vielleicht vorstellen. Sie ist unsere Patientin und genießt unsere Obhut und Pflege. Es geht ihr schlecht – sehr schlecht. Sie ist in Behandlung. Natürlich ist sie in Behandlung. Da muss man behutsam vorgehen.«

»Herr Professor Pawlitzki«, sagte Jan. »Wir arbeiten an einem Fall, einem Mordfall, und das Opfer ist der Ehemann von Frau Golombek. Wäre es Ihnen lieber, wenn sie aus der Zeitung vom Tod ihres Mannes erfährt?«

Der Professor schwieg und tippte wieder gegen seine Nasenspitze.

»Warum befindet sich Frau Golombek in Ihrer Klinik?«, unterbrach Jan ihn in seinen Gedanken. »Ich meine, welche Krankheit hat sie?«

»Haben Sie schon einmal etwas von der ärztlichen Schweigepflicht gehört, Herr Adrian?« Pawlitzki drehte die Augen übertrieben langsam zur Decke.

»Sicher. Und ich respektiere Ihre Autorität. Dennoch haben wir einen Mord aufzuklären.«

Pawlitzki richtete den Blick wieder auf Jan, bevor er plötzlich hinter seinem Schreibtisch hochsprang. »Kommen Sie!«, rief er und ging auf die Tür zu.

Jan folgte ihm.

Die rothaarige Vorzimmerdame hatte ihre Brille wieder aufgesetzt und kaute hinter ihrem Schreibtisch auf irgendetwas herum.

Sonnenblumenkerne, dachte Jan. Vogelfutter.

Pawlitzki zerrte eine Jacke von der Garderobe. Dann verließen sie das Vorzimmer, den sterilen Flur, die Villa und marschierten schließlich auf einem gepflasterten Pfad durch den Park.

Pawlitzki stolzierte voran, und Jan hatte Mühe, Schritt zu halten. Bald bogen sie auf einen anderen Weg ab und steuerten auf eine andere Villa zu. Vor dem Eingang schaute Pawlitzki kurz über seine Schulter, als ob er sich vergewissern wollte, dass Jan noch hinter ihm war. Dann drückte er die Tür auf, und sie huschten durch einen weiteren sterilen Flur.

Eine Krankenschwester nickte ihnen zu, lächelte freundlich und wünschte »Guten Tag«.

Jan erwiderte den Gruß, während der Professor an der Frau vorbeiflog. Vor der letzten Tür des langen Gangs hielt er an, wartete auf Jan und beugte sich zu ihm hinunter. Die Schnabelnase kam dicht an Jans Ohr.

»Seien Sie vorsichtig mit dem, was Sie sagen und fragen. Ich betone es noch einmal: Frau Golombek ist in schlechter Verfassung. Wir haben sie – sagen wir mal – ruhiggestellt. Sie nimmt starke Medikamente.«

Dann öffnete Pawlitzki die Tür.

Am Fenster saß eine in Schwarz gekleidete Frau, die den

Besuchern den Rücken zukehrte und in den Park schaute, in dem Jan sie vorhin beobachtet hatte.

Ihr Zimmer war sparsam ausgestattet. Es gab ein Bett, einen Schrank, einen Tisch mit einer leeren Vase darauf und den Stuhl, auf dem Gertrud Golombek saß. Aber keine persönlichen Sachen, keine Bücher, keine Zeitschriften. Nichts dergleichen.

Jetzt erinnerte sich Jan, dass er auch in der Wohnung nur Sachen von Augustin Golombek gesehen hatte. Von seiner Frau fehlte jede persönliche Spur. Als wäre sie überhaupt nicht vorhanden.

Oder bereits vor langer Zeit verschwunden.

Gertrud Golombek schien die Ankunft der beiden Männer nicht bemerkt zu haben. Erst als der Professor neben sie trat und sanft seine krallenartigen Finger auf ihre Schulter legte, drehte sie ihm ihr Gesicht zu.

»Frau Golombek«, flüsterte Pawlitzki. »Sie haben Besuch. Da ist jemand, der Sie sprechen möchte. Ein Mann von der Polizei.«

Jan hatte sich hinter den Professor geschlichen und betrachtete die Person, die da vor dem Fenster saß und deren Rücken wie unter einer schweren Last gebeugt war. Ihr Gesicht unter dem weißen Haar war aufgedunsen, die Augen waren rot gerändert, und darunter hingen schwere Tränensäcke. Auf dem fleischigen Kinn wucherten Borstenhaare. In ihrer Nähe roch es nach faulem Fleisch.

Jan fragte sich, ob sie wohl ihre Haube wiedergefunden hatte.

Ihr Unterkiefer klappte herunter, nur ein Stückchen, aber es reichte, um eine Reihe vernachlässigter, gelber Zähne zu entblößen. Sie hauchte: »Ja.«

Jan räusperte sich hinter dem Professor, der einige Zentimeter zur Seite rückte.

»Frau Golombek«, sagte Jan. »Ich muss ... es tut mir leid, dass ich Sie störe. Aber ich muss Ihnen erklären ... Ihnen leider eine sehr traurige Nachricht überbringen. Ihr Mann, Augustin Golombek, ist verstorben.«

Dann wurde es noch stiller in dem kleinen Zimmer mit Blick auf den Park, der auf den Winter wartete. In der Natur kommt irgendwann ein erlösender Frühling, jedes Jahr, immer wieder, im Leben manchmal nicht.

Gertrud Golombek drehte den Kopf wieder zum Fenster. Die Hände lagen auf ihrem Schoß, ganz ruhig, und auch sonst bemerkte Jan keine Regung.

»Ja«, hauchte sie erneut. Mehr nicht.

Jan ahnte, dass das Gespräch damit beendet war.

Professor Pawlitzki ließ seine Finger von ihrer Schulter gleiten und drängte Jan sanft aber bestimmt in Richtung Tür.

Als sie wieder auf dem Flur standen, setzte Pawlitzki ein Was-habe-ich-Ihnen-gesagt-Gesicht auf und fragte: »Nun?«

»Was ist mit ihr?«, fragte Jan. »Ich meine, was hat sie für eine Krankheit?«

»Das wissen wir nicht genau. Aber es könnte sein, dass Frau Golombek unter einer schweren Depression leidet. Vielleicht ist es eine so genannte reaktive Depression, die durch besonders schwerwiegende, äußere Einflüsse hervorgerufen wird.«

»Was können das für Einflüsse gewesen sein?«

Pawlitzki hob und senkte die Schultern. »Wir haben keinen Zugang zu ihr. Sie redet nicht mit uns – mit niemandem. Vielleicht bessert sich ihr Zustand mit der Zeit, vielleicht nie. Wir können also nur spekulieren.«

»Spekulieren Sie – bitte«, sagte Jan.

»Herrgott – ich habe Ihnen schon viel zu viel erzählt ...«

»Ja, ich weiß! Ihre ärztliche Schweigepflicht! Dennoch möchte ich Sie noch einmal bitten, uns bei der Aufklärung zu helfen.«

»Ja, ja. Also, die Voraussetzung für eine derart schwere Depression ist häufig eine psycholabile Konstitution. Das bedeutet, dass Frau Golombek nie besonders stabil war. Über andere Einflüsse kann ich Ihnen nichts sagen. Ich weiß es schlicht nicht.«

»Hat sie die Nachricht vom Tod ihres Mannes überhaupt verstanden?«

»Auch da kann ich nur spekulieren – ich denke ja.«

»Hat Herr Golombek seine Frau hier in der Klinik irgendwann besucht?«

Der Professor spitzte die Lippen. »Nun ja. Er hat sie zu uns gebracht, und dann kam er kurz darauf noch einmal. Er hatte einige Sachen für sie dabei – Kleidung, Schuhe und Zahnbürste, das Nötigste halt. Er brachte die Sachen, dann verschwand er wieder. Bei diesem Besuch blieb es.«

»Was denken Sie, Herr Professor, wie verlief die Ehe der Golombeks?«

»Herr Adrian. Ich weiß es nicht, das sagte ich bereits. Und jetzt habe ich einen Termin. Wenn Sie das Gebäude jetzt bitte verlassen würden.«

Er machte auf dem Absatz kehrt und rauschte den Gang entlang. Die weiße Jacke flatterte hinter ihm her. Jan hatte Mühe ihm zu folgen.

Als sie draußen waren, zog Pawlitzki die Eingangstür mit einem Knall hinter sich zu, verabschiedete sich knapp von Jan und flog dann über einen der Wege durch den Park davon.

Jan wartete, bis die weiße Jacke zwischen den Bäumen verschwunden war, und da niemand in der Nähe zu sein schien, öffnete er die Tür wieder und kehrte in den Flur zurück. Irgendeine dumme Ausrede würde ihm schon einfallen, falls ihn jemand ansprach.

Er ging zu dem Raum, und ein Schauer glitt ihm über den Rücken. Trotzdem überwand er sich und legte ein Ohr gegen die Tür zu Frau Golombeks Zimmer, aus dem keine Geräusche zu hören waren. Jan schaute über den Flur, es war noch immer niemand zu sehen. Vermutlich war die Schwester in einem anderen Zimmer beschäftigt.

Jan drückte die Türklinke hinunter, ganz sachte und beinahe ohne ein Geräusch zu machen. Er schob die Tür einen Spaltbreit auf, so weit, dass er gerade einen Blick in das Zimmer werfen konnte.

Gertrud Golombek hatte ihren Platz gewechselt. Sie saß jetzt auf ihrem Bett, die Augen auf die gegenüberliegende Wand gerichtet.

Jan betrachtete ihr Gesicht, und irgendetwas daran irritierte ihn. Da war der Mund, eine leicht nach unten gebogene Linie. Da waren die blauen Tränensäcke und darüber die roten Augen.

Ja, es waren die Augen, die ihn irritierten. Sie waren heller als noch vor wenigen Minuten.

Und in diesen Augen lag ein Schimmer. Sie schienen zu lächeln.

10. Kapitel

Die Beamten hatten sich im Besprechungszimmer versammelt. Auf der Wanduhr zeigten die Zeiger auf kurz nach drei. Sanders fehlte, weil er seine Grippe auskurierte. Die anderen waren von ihren Ausflügen zurückgekehrt und hatten ihre Ergebnisse vorgetragen.

»Augustin Golombek«, sagte Adamski, die kräftigen Unterarme auf den Tisch gestützt. »Das ist unser Mann. Da besteht kein Zweifel mehr. Die Untersuchung hat ergeben, dass sein Blut und das von der Yacht identisch sind. Der Tod ist am späten Samstag oder frühen Sonntag eingetreten. Golombek ist mit einem scharfen Gegenstand ermordet worden. Der tiefen Wunde nach zu urteilen, könnte es eine Axt oder ein langes Messer gewesen sein. So steht es im Obduktionsbericht.« Er schaute zu Tammo Jaeger. »Golombek hat mit Aktien gehandelt, und Tammo hat dadurch einen Haufen Geld verloren – und wahrscheinlich viele andere Leute ebenfalls. Wir müssen das überprüfen. Tammo, du warst ja bereits in Golombeks Büro, also kümmerst dich darum. Besorg dir grünes Licht vom Staatsanwalt für eine Durchsuchung, und nimm den alten Grzymek mit, wenn kein anderer von der Spurensicherung im Dienst ist. Unterlagen, Namen, Konten – ich will, dass du dir ein Bild von den geschäftlichen Aktivitäten des Mannes machst.« Er wandte sich an Schlorke. »Golombek war verheiratet. Seine Frau sitzt mit einer schweren Depression in der Klinik. Du kümmerst dich um die Kinder, Rudi. Ein Sohn und eine Tochter. Finde heraus, wo sie wohnen.«

Schlorke warf einen Blick auf die Uhr an der Wand. »Jetzt noch?«, fragte er.

»Jetzt gleich«, erwiderte Adamski. »Und du, Adrian, nimmst dir noch einmal die Wohnung vor.«

Dann löste sich die Runde auf. Es war kurz vor halb vier.

Als Adamski den Raum verlassen wollte, zog Jan ihn zur Seite. »Kann die Wohnung nicht noch bis morgen früh warten? Ich würde mir lieber noch einmal diese Yacht anschauen.«

»Die Yacht? Warum das?«

Jan zupfte sich am Ohrläppchen. »Ich kann es dir nicht genau sagen. Es ist so ein Gefühl. Schlorke und Grzymek haben heute nichts gefunden – ich weiß. Aber es sind noch Fragen offen …«

»Mach es«, unterbrach ihn Adamski. »Wir werden uns morgen früh um die Wohnung kümmern.«

»Danke.«

»Warum bedankst du dich?«

»Du bist der Chef.«

»Noch.« Adamski grinste.

* * *

Goldkind – die Yacht zeichnete sich weiß und majestätisch vor dem Himmel ab. Es war halb fünf und fast dunkel, als Jan am Anleger der Küstenwache eintraf. Nun stand er mit einer Taschenlampe und dem Kollegen Müller von der Wasserschutzpolizei vor der Schiff, das inzwischen aus dem Wasser gehievt und am Anleger aufgebockt worden war. Im schwindenden Tageslicht waren die gekappten Ankerseile zu erkennen, die von Bug und Heck herabhingen.

»Der Kahn sieht an Land noch größer aus als im Wasser«, überlegte Jan laut.

»Ja, das ist wirklich ein feines Schiff«, erwiderte Müller. »Viel Platz, gepflegt. Die Außenwand sauber. Die Yacht hat bestimmt erst vor Kurzem einen neuen Anstrich bekommen. Was wird eigentlich damit?«

»Keine Ahnung. Vielleicht erben es die Kinder.«

»Mhm.«

»Was kostet denn so ein Schiff?«

»Na, mindestens 100.000 Euro, denke ich.«

»Da hat Golombek also sein Geld reingesteckt, das er den Leuten aus der Tasche gezogen hat.«

»Aus der Tasche gezogen?«

»Der Mann hat in Aktien gemacht. Hat für seine Kunden gekauft und dabei vermutlich ordentliche Provisionen abgezogen. Ich kenne mich mit diesen Dingen nicht aus.«

»Aktien«, brummte Müller, »Scheiße.«

»Wieso? Schlechte Erfahrungen gemacht?«

»Ich habe ein paar Tausender in den Sand gesetzt. Aber nicht mit einem Händler. Habe selber mein Glück versucht. Mit einem Onlinedepot. Wird dir nichts sagen. Da kannst du die Papiere selber kaufen und verkaufen.«

»Aha.«

»Aber du bist bestimmt nicht hier, um dich mit mir über Aktien auszutauschen. Was suchst du eigentlich? Deine Kollegen waren doch bereits auf dem Schiff.«

Jan erwiderte nichts und ließ den Strahl der Taschenlampe an der Yacht entlanggleiten. »Habt ihr Leitern?«, fragte er.

»In allen Größen und Ausführungen. Du darfst dir eine aussuchen.«

»Nett von dir. Mir reicht eine schlichte Leiter, mit der ich aufs Schiff komme. Die Farbe ist nebensächlich.«

Müller lachte leise und verschwand in die Dunkelheit, aus der er einige Minuten später mit einer aufklappbaren Aluminiumleiter zurückkehrte. Sie rückten sie zurecht, und Jan kletterte hinauf.

»Ich bin hier unten – falls du etwas brauchst«, rief ihm Müller hinterher.

Jan beleuchtete den Boden vor seinen Füßen und tastete sich zur Kabinentür. Sie war nicht verschlossen. Er drückte sie auf und stieg die Stufen der kleinen, steilen Treppe hinunter in die Kajüte, in der er sich gestern bereits umgeschaut hatte. Er suchte nach einem Lichtschalter, fand ihn und drückte drauf. Eine kleine Deckenleuchte sprang an und tauchte den engen Raum in mattes Licht.

Auf dem Fußboden klebte noch immer das getrocknete Blut, in der Mitte des Raums stand ein länglicher Tisch, daneben befand sich ein schmales Bett, darüber hingen Schränke. Rechts war eine Kochnische mit einer Spüle mit Wasserhahn, einer Ablage und zwei Herdplatten.

Wonach zum Henker suchte er eigentlich?

Sie hatten zwei leere Weinflaschen gefunden, die Golombek kurz vor seinem Tode ausgetrunken hatte, zumindest teilweise, denn auf und unter dem Bett gab es reichlich Flecken von verschüttetem Wein. Die Obduktion hatte ergeben, dass Golombek ordentlich Wein im Magen hatte und mit einem Blutalkoholwert von mehr als einem Promille alles andere als nüchtern war, als er starb.

Sie hatten nur ein benutztes Weinglas entdeckt. Da lag die Vermutung nahe, dass Golombek allein losgesegelt und sein Mörder später hinterhergekommen war. Vielleicht mit einem blaugelben Boot, das der Mann mit den Soldatenstiefeln an der Yacht festgemacht hatte, bevor er an Bord geklettert und dem weinseligen Golombek den Schädel gespalten hatte.

Jan machte einen großen Schritt über die Blutlache hinweg und öffnete den mittleren der drei Hängeschränke über der Koje. Darin fand er einen Stapel mit Seekarten. Er faltete eine auseinander, klappte sie jedoch gleich wieder zusammen.

Die Zeichnungen mit den vielen Strichen und Zahlen verwirrten ihn.

Der linke Hängeschrank war leer. Im rechten entdeckte er Werkzeug – Zangen, Schraubenzieher und andere Sachen, die man wohl für Reparaturen auf einem Schiff benötigte. Dennoch irritierte ihn irgendetwas an den Schränken. Er öffnete erneut den linken und leuchtete in das leere Fach. Und dann wusste er, was ihm merkwürdig vorgekommen war: Der linke Schrank war nicht so tief, wie die anderen beiden. Er schob seine Hand vor und betastete die Rückwand des Faches. In der linken unteren Ecke spürte er einen winzigen Riegel. Er zog ihn mit dem Fingernagel zur Seite, die hintere Wand klappte nach oben – ganz sachte wie von unsichtbarer Hand gezogen.

Das, was er in diesem Geheimfach entdeckte, verblüffte ihn. Da hingen, mit speziellen Halterungen befestigt, eine kleine Peitsche, die aus einem stabilen Griff und mehreren Lederriemen bestand, und daneben ein Paar Handschellen.

Jan griff nach dem Handy und rief Adamski an. Der meldete sich, hörte schweigend zu und meinte schließlich, er werde Grzymek Bescheid geben. Jan solle alles so lassen, wie es ist, und brauche nicht auf ihn zu warten.

* * *

Als er nach Hause kam, ging er gleich in die Küche, ließ Leitungswasser in ein Glas laufen und leerte es in einem Zug. Dann nahm er ein Bier aus dem Kühlschrank und setzte sich im Wohnzimmer auf die Couch. Er machte kein Licht.

Seine Gedanken wanderten zu Augustin Golombek. Der Aktienhändler im grauen Plastiksack. Warum war er auf so brutale Weise aus dem Leben gerissen worden? Warum bewahrte er in einem geheimen Fach Peitsche und Handschellen auf? Für perverse Sexspielchen auf hoher See?

Er dachte an Frau Golombek, wie sie auf ihrem Bett saß, mit diesem Ausdruck, diesem Schimmer in ihren Augen. Freude? War es Freude gewesen? Oder Erleichterung?

Wer war dieser Golombek, der seine schwer depressive Frau in der Klinik abliefert und sich dann nicht mehr um sie kümmert? Der einfach zurückfährt in seine saubere Wohnung und dort seinen nächsten Segelausflug plant. Sie wussten noch nicht viel über ihn. Nur Äußerlichkeiten. Was für ein Mensch war er gewesen?

Jan tauschte die leere Bierflasche gegen eine volle und schaute auf die Uhr. Halb neun.

Er lehnte sich zurück. Bald drängte sich erneut Golombeks Gesicht in seine Gedanken. Er wollte es abwehren, doch nach wenigen Sekunden tauchte es wieder auf. Das Gesicht des Ermordeten, entstellt, aufgerissen, eine einzige Wunde.

11. Kapitel

Der Mörder erwachte und spürte seine Füße nicht mehr. Das Holz im Ofen war längst verglüht. Draußen wehte ein eisiger Wind, und durch die dünnen Gardinen drang kein Licht.

Er entzündete das Feuerzeug und hielt es vor die Uhr an seinem Handgelenk. Kurz nach elf, erster Dezember. Er hatte acht Stunden geschlafen. Sein Schädel schmerzte vom Schnaps. Er hatte zu viel davon getrunken, mehr als eine Flasche.

Er wälzte sich von der schmalen Liege und erhob sich ächzend. Seine Gelenke krachten, als er um den kleinen Tisch herum zur anderen Seite des Wohnwagens zum Ofen wankte. Er schob Holzstücke hinein und riss eine Seite aus einer alten Zeitung, die dort jemand liegen gelassen hatte. Er hielt sein Feuerzeug an das Papier. Während die Flamme wuchs, fiel sein Blick auf das Datum. Die Zeitung war vier Jahre alt.

Vier Jahre, dachte er, so lange hat sich in diesem Loch keiner mehr den Arsch abgefroren.

Er stopfte die brennende Zeitungsseite in den Ofen. Es würde einige Zeit dauern, bis sich die Wärme in dem Wagen ausbreitete. Aber er hatte eh nichts Besseres zu tun, als zu warten.

Die verdammte Kälte. Er biss auf seine Unterlippe, dann streckte er seine Glieder und trat abwechselnd in seinen derben Stiefeln von einem Fuß auf den anderen.

Warten auf das Geld. Bald würde er genug davon haben und dieses kalte Land verlassen. Er dachte an Sonne, an einen Pool, dachte daran, wie er im Wasser lag mit einem Glas, randvoll mit Whiskey oder Rum, und später könnte er eines der Mädchen mit aufs Zimmer nehmen und sich von ihm bedienen lassen. Aber so richtig!

Bald.

Noch musste er warten.

Er ging zum Tisch und entzündete die Kerze, die er mit Wachs auf der Platte befestigt hatte. Neben der Kerze lag sein Handy. Er warf einen Blick darauf, und es bestätigte sich, was er sowieso wusste: Er hatte keinen Anruf bekommen.

Er spürte, wie die Wut in ihm aufloderte. Den ganzen Tag hatte er damit verbracht, neben seinem Handy zu sitzen, Schnaps zu trinken und auf den Anruf zu warten …

Mit dem rechten Fuß stampfte er hart auf dem Boden auf. Er brauchte immer ein Ventil für seine Wut. Er griff nach der Schnapsflasche auf dem Tisch und ließ einen Schluck in seinen Mund laufen. Die Zeiten, in denen der Schnaps seinen Gaumen provozieren konnte, waren lange vorbei. Er trank das Zeug wie Wasser.

Er rülpste und schaute wieder auf die Uhr. Halb zwölf. Eine halbe Stunde noch, dann war der Tag vorbei. Er hatte seinen Job erledigt und erwartete dafür den Lohn. Das war doch nur gerecht. Oder etwa nicht?

Er setzte sich wieder auf die Liege, schnürte die Stiefel auf, zog seine Füße heraus und begann sie zu massieren. Diese Beschäftigung lenkte ihn einige Minuten ab. Hin und wieder griff er dabei nach der Flasche und füllte seinen Alkoholspiegel allmählich wieder auf.

Irgendwann zwang seine Blase ihn vor die Tür. Der Wind fauchte, in der Ferne rauschten Wellen. Er stieg die Stufen hinab und pinkelte neben den Wohnwagen. Tropfen fielen auf seine Schuhe. Als er in den Wagen zurückkehrte, fand er unter der Liege eine weitere volle Flasche. Aber seine Vorräte erschöpften sich langsam. Auch deshalb konnte er nicht ewig warten.

Bis halb eins, dachte er, die halbe Stunde über die vereinbarte Zeit werde ich ihm noch gewähren.

Der Mörder schob seine Hand unter die Matratze, zog die Waffe hervor und hielt sie vor die Kerze. Die Flamme spiegelte sich auf der Klinge. Er hatte die Machete damals in Kolumbien gekauft. Ein Prachtstück, handgefertigt, stark und scharf.

Während er die Machete an der Flamme vorbeiführte, bemerkte er darauf einen Fleck. Blut. Er spuckte auf die Klinge und rieb sie am Ärmel seines Parkas sauber. Jetzt war sie wieder makellos.

Kolumbien. Er hatte eine gute Zeit gehabt in Südamerika. Er nahm einen kräftigen Schluck, steckte sich eine Zigarette an und dachte an Kolumbien – das würde ihm das Warten erleichtern.

Für einen Kumpel hatte er damals in Hamburg und Rostock einige Jobs gemacht: Drogen verkaufen, Geld eingetrieben, Leute verprügeln. Was gerade so anlag. Aber irgendwann ging eine Sache schief. Er hatte zu fest zugeschlagen, und ein Mann starb. Sein Kumpel besorgte ihm den Kontakt nach Südamerika, und er stieg in Hamburg ins Flugzeug und auf kolumbianischem Boden wieder aus. Die Freunde seines Kumpels gehörten einer Mafiagruppe an, deren Vertrauen er gewann, indem er einige Jobs zu ihrer Zufriedenheit erledigte. Nach einer gewissen Zeit gewährten sie ihm sogar einen Urlaub und brachten ihn in eine andere Stadt, wo sie ihn in die Rotlichtszene einführten. Er betrank sich mehrere Tage hintereinander und vögelte mit jungen, kolumbianischen Dingern. Es war eine gute Zeit gewesen, vielleicht seine beste.

Damals kaufte er die Machete, die nicht lange auf ihren ersten Einsatz warten musste, denn beim nächsten Auftrag sollte er jemanden töten. Als Gegenleistung sollte er viel Geld, weiteren Urlaub und anschließend ein Flugticket nach Deutschland bekommen. Er willigte ein, keine Frage: Job ist Job. Sein Opfer, das stellte sich dann heraus, war ein Polizist, der sich beim Kampf gegen die Drogenmafia viele Feinde gemacht hatte.

Der Mörder schlich nachts zu seinem Haus, schlug dem Wachhund mit der Machete den Kopf ab und brach ins Haus ein. Er fand das Bett, in dem der Polizist neben seiner Frau lag und spaltete ihm den Schädel. Ein einziger Schlag, sauber und präzise ausgeführt. So schnell, dass nicht einmal die Frau etwas davon bemerkte.

Einen Monat später verließ er Kolumbien. Die Mafiafreunde gaben ihm zu Ehren ein Fest mit Schnaps und Mädchen und feierten, bis der Morgen dämmerte. Dann packte er seinen Koffer, verstaute die Machete zwischen Hosen und Pullovern, und sie reiste im Frachtraum verzollt mit ihm nach Deutschland.

In der Zwischenzeit hatte sich in Hamburg einiges verändert. Sein Kumpel saß im Knast, und auch anderen aus der alten Gruppe war der Staatsschutz auf den Fersen. Auch für ihn war das Pflaster zu heiß geworden. Er reiste zurück nach Rostock, in die Stadt, in der er zweiundvierzig Jahre zuvor geboren worden war.

Das war jetzt zwei Jahre her. Seitdem hatte er kleinere Jobs für Zuhälter und andere Kriminelle erledigt. Aber mehr als ein paar Euro gaben die Aufträge nie her. Er war pleite und konnte keine Wohnung mehr bezahlen. Deshalb musste er sich diesen Unterschlupf in dem stinkenden Wohnwagen suchen.

Die guten Zeiten schienen für ihn endgültig vorbei zu sein – bis er vor einigen Tagen den neuen Auftrag bekam. Eine runde Sache, wie es aussah. Einfach zu erledigen, und außerdem sollte es reichlich Geld bringen. Natürlich hatte er den Auftrag angenommen und den Job sauber erledigt, dafür war er bekannt. Jetzt wartete er auf den verdammten Lohn.

Er trank Schnaps, dann schaute er erneut auf die Uhr. Halb eins. Sein Geschenk an den Auftraggeber, die zusätzliche halbe Stunde, war verstrichen.

Nun würde er selbst aktiv werden müssen. Er zog einen Zettel mit einer Telefonnummer aus seiner Hose, tippte die Nummer ins Handy ein und hörte es klingeln. Neunmal, zehnmal, dann sprang eine Mailbox an.

Der Mörder unterbrach die Verbindung, griff zur Flasche und trank so gierig, dass der Schnaps über sein Kinn lief und auf seine Hose tropfte.

Seine Hände zitterten.

Er war jetzt richtig wütend, nahm die Machete und rammte sie in den Tisch. Die Klinge vibrierte, und die Kerzenflamme zuckte. Er ließ die Machete stecken und trank weiter. Später schlief er ein. Im Ofen war die Glut inzwischen erloschen.

Seine Füße waren wieder kalt geworden. Aber das spürte er nicht mehr.

12. Kapitel

Als Jan Adrian um halb acht am Morgen seine Bürotür öffnete, erwartete ihn Adamski bereits. Der Alte saß hinter dem Schreibtisch, die Ärmel seines zerknitterten Hemdes bis zur Armbeuge hochgekrempelt. Sein Gesicht leuchtete rot, als wäre er kurz zuvor eine steile Treppe hinaufgerannt, aber die Ursache war vermutlich eher sein Übergewicht und der zu hohe Blutdruck.

»Morgen, Adrian!«

Jan erwiderte den Gruß, schlüpfte aus der Jacke und wollte sie gerade in den Schrank hängen, als Adamski eine Hand hob. »Moment!«

Jan schaute ihn verwundert an. »Was gibt's?«

»Setz dich!« Adamski wies Jan mit einer großzügigen Geste den Platz auf dem Besucherstuhl zu.

Jan behielt die Jacke in der Hand und setzte sich.

»Zwei Sachen«, sagte Adamski. »Müller von der Wasserschutzpolizei hat gerade angerufen. Sie haben den Kahn dieser Angler gefunden. Er wurde bei Markgrafenheide auf den Strand gespült.«

»Schön für sie. Und die zweite Sache?«

»Vor etwa einer halben Stunde ist ein Notruf eingegangen. Eine Frau hat einen Überfall gemeldet.«

Jan schob die Unterlippe vor. »Ja, und?«

»Warte ab. Die Frau heißt Golombek.«

»So selten ist der Name nun auch wieder nicht.«

»Richtig. Aber selten genug, um uns zumindest aufhorchen zu lassen. Und es kommt noch besser. Die Frau heißt mit vollem Namen Melanie Golombek. Und jetzt rate mal, welchen

Namen dein Kollege Schlorke für die Tochter des Ermordeten gestern aus dem Computer gezogen hat?«

»Vermutlich Melanie Golombek.«

»Bist ein schlauer Junge.«

»Wer ist denn überfallen worden?«

»Ihr Bruder, Marc Golombek. Wir haben einen Streifenwagen hingeschickt, und ich will, dass du ebenfalls hinfährst«, sagte er und gab Jan einen Notizzettel mit der Adresse.

* * *

Das Haus war alt und grau. Es stand am Rande des Stadtteils Kröpeliner-Tor-Vorstadt und war eines jener wenigen Häuser, an denen die Sanierungen der vergangenen Jahre vorbeigezogen waren. Die Gebäude links und rechts neben der Adresse auf dem Zettel waren fein herausgeputzt worden und strahlten in hellen, freundlichen Farben.

Jan fand eine Lücke zwischen den parkenden Autos und stellte den Volvo ab. Vor dem Hauseingang stand ein Streifenwagen auf dem Gehweg, dahinter ein Rettungswagen der Malteser.

Jan betrat das Treppenhaus, in dem überall zerrissene Zeitungsseiten herumlagen und der Boden mit weißen Flecken übersät war.

Vogelscheiße, dachte Jan in dem Moment, als es über ihm flatterte. Eine fette Taube verschwand durch die Haustür. Als er die Treppe hinaufstieg, ächzten und knarrten die Stufen unter ihm. Das Geländer wackelte.

Im ersten Stock stieß er auf einen uniformierten Beamten, der in einem Türrahmen lehnte.

»Sieh an, die Mordkommission«, sagte der junge Mann, den Jan noch nie gesehen hatte.

Er nickte ihm zu und schob sich an ihm vorbei in einen engen Flur, von dem aus zu allen Seiten Türen abgingen. Auf dem Boden knieten zwei Rettungssanitäter und kramten in abgestellten Taschen nach irgendwelchen Dingen. Jan grüßte sie und fragte nach dem Mann, der hier wohnte.

Einer der Rettungssanitäter wies mit dem Daumen auf die geöffnete Tür hinter ihm. »In der Küche. Der Junge sieht übel aus, aber die Notärztin ist bei ihm.«

Jan betrat die Küche – oder das, was mal eine Küche gewesen war. Es sah darin aus, als wäre eine Bombe detoniert. Scherben in allen Farben und Größen lagen verstreut auf dem Boden herum, ein Kühlschrank war umgekippt, ebenso ein Regal und zwei Stühle. Der Wasserhahn baumelte wie geköpft in der Spüle.

Das Einzige, was in diesem Raum noch heil war, waren ein Tisch und dahinter eine Couch, auf der zwei Menschen saßen. Ein Mann und eine Frau, beide um die Dreißig. Die Frau hatte ihren Kopf auf die linke Schulter des Mannes gelegt.

Jan nickte der Ärztin zu, die ihm gerade entgegenkam und die Küche verließ. Er hob einen Stuhl auf, stellte ihn an den Tisch, setzte sich und betrachtete die beiden. Sie ignorierten ihn.

Der Mann war ein Wrack, sein Gesicht geschwollen, an einigen Stellen aufgeplatzt und mit getrocknetem Blut beschmiert. Ein Ring um sein linkes Auge leuchtete rötlich und würde wohl bald blau schimmern. Ein ordentliches Veilchen. Er trug ein helles T-Shirt, an dem Blut klebte. Er atmete durch den Mund ein und aus, und seine Lunge machte dabei Geräusche wie Schritte auf Kieselsteinen. Sein Blick war leer, abwesend, als wäre sein Besitzer gar nicht auf dieser Erde.

Die Frau war hingegen unverletzt, nur verweint. Sie war mit einem bunten Wollpullover bekleidet und hatte schulterlanges, blondes Haar mit einem Stich ins Rötliche, wie Jan bemerkte.

Plötzlich hob sie den Kopf und wischte sich eine Strähne aus dem Gesicht. »Was ist noch?« Ihre Stimme klang nicht freundlich.

Jan nannte ihr seinen Namen, dann forderte er den Mann auf, ihm zu berichten, was vorgefallen war. Doch der reagierte nicht.

»Wir haben Ihren Kollegen doch schon alles erzählt«, sagte die Frau.

»Sind Sie Melanie Golombek?«, fragte Jan.

Sie nickte.

»Und ist er Ihr Bruder?«

Sie nickte wieder. »Es geht ihm beschissen, das sehen Sie doch. Warum lassen Sie ihn nicht in Ruhe?«

»Sie haben uns angerufen und um Hilfe gebeten. Wir sind gekommen – und nun möchte ich, dass Ihr Bruder mir erklärt, was geschehen ist.«

Melanie Golombeks Blick flackerte. »Er redet nicht, das sehen Sie doch. Heute Nacht sind drei Männer in seine Wohnung eingebrochen. Sie haben alles kurz und klein geschlagen und ihn verprügelt. Sie haben erst von ihm abgelassen, als er sich bewusstlos stellte. Das ist alles, was er mir erzählt hat, und mehr kann ich auch nicht dazudichten. Als die anderen Männer fort waren, hat er mich angerufen. Ich bin mit einem Taxi hergefahren, und dann habe ich Sie benachrichtigt.«

»Hat er Ihnen gesagt, was es für Männer waren? Oder warum sie ihn überfallen haben?«

Melanie Golombek zuckte mit den Schultern. »Er weiß es nicht.«

In dem Moment betrat die Ärztin erneut die zerstörte Küche, stieg über die Scherben, die unter ihren Schritten knirschten, und blieb neben Marc Golombek stehen.

»Der wird Ihnen nichts erzählen«, sagte sie.

»Das habe ich bereits bemerkt«, erwiderte Jan. »Was ist mit ihm? Steht er unter Schock?«

Die Ärztin nickte. »Ein Schock. Ja, so könnte man das nennen. Ich würde gerne noch einige Worte mit Ihnen wechseln, wenn ich hier fertig bin.«

Jan verließ die Küche und ging in einen anderen Raum. Es war, wie er annahm, das Wohnzimmer. Der Zustand glich dem der Küche, nur dass es hier weniger Scherben gab. Aber sonst herrschte auch Chaos. Die Vorhänge waren von den Fenstern gerissen, Schränke, Regale und eine Couch umgestoßen worden.

Diejenigen, die sich die Wohnung vorgenommen hatten, hatten ganze Arbeit geleistet.

In dem Durcheinander entdeckte Jan einen anderen Polizisten, der etwas auf einem Zettel notierte. Er kannte ihn nur flüchtig, wusste aber, dass er mit Nachnamen Musiol hieß.

»Habt ihr was gefunden?«, fragte Jan. »Irgendetwas, das einen Hinweis auf die Täter geben könnte?«

Musiol lachte heiser. »Nee. Nichts. Warum bist du überhaupt hier? Der Mann lebt doch noch.«

Jan stieg über einen umgestürzten Schrank und ein auseinandergefallenes Regal zu Musiol. »Sein Vater ist ermordet worden«, erklärte er. »Der Mann aus der Ostsee, vielleicht hast du davon gehört.«

Musiol pfiff leise durch die Lippen. »Sicher habe ich davon gehört.«

»Was hat der Junge euch erzählt?«

»Gar nichts. Der ist stumm wie ein Fisch. Aber seine Schwester hat geredet, wenn auch nicht viel. Sie weiß halt nur das, was sie von ihrem Bruder erfahren hat. Drei unbekannte Männer haben die Einrichtung zertrümmert und ihren Bruder zusammengeschlagen.«

»Mhm.«

»Gibt's denn einen Zusammenhang zwischen dem Mord an dem Vater und diesem Überfall?«

»Keine Ahnung.«

»Ihr solltet euren Experten von der Spurensicherung in dieses Loch schicken.«

»Werden wir«, sagte Jan und dachte an Grzymek mit der dicken Brille. Vielleicht hatte der heute einen besseren Tag.

Ihr Gespräch wurde von der Ärztin unterbrochen, die über Schränke und Regale zu ihnen herüberkletterte.

»Ich habe ihm eine Spritze gegeben«, sagte sie. »Ich wollte ihn eigentlich ins Krankenhaus bringen lassen, aber er hat sich an der Tischkante festgekrallt. Der will hier nicht weg, und zwingen kann ich ihn nicht. Er muss jedoch auf jeden Fall unter Beobachtung bleiben. Seine Schwester bringt ihn gerade ins Schlafzimmer.«

»Na, das Bett ist wenigstens heil geblieben«, sagte Musiol.

»Da ist noch etwas anderes«, sagte die Ärztin. »Haben Sie sich die Pupillen dieses Mannes genauer angeschaut?«

Jan verneinte, aber jetzt, da die Ärztin ihn so direkt darauf ansprach, erinnerte er sich, dass ihm an seinen Augen doch etwas merkwürdig vorgekommen war.

»Die Pupillen sind extrem geweitet. Und noch etwas: Sein Arm ist zerstochen. Es würde mich nicht wundern, wenn der Mann auf Droge ist.«

»Auf Droge«, wiederholte Jan.

Er drängte an der Ärztin vorbei zum Flur und zog vorsichtig die Tür auf, hinter der er das Schlafzimmer vermutete. In dem Raum war es dunkel. Nur durch einen dünnen Vorhang drang ein Hauch Tageslicht herein. Jan glaubte erkennen zu können, dass die Täter den Raum nicht verwüstet hatten.

Er hörte das Geräusch einer quietschenden Bettfeder und sah, wie sich Melanie Golombek von der Bettkante erhob und auf ihn zukam. Sie streckte ihre Hand aus und drückte ihn sanft aber bestimmt hinaus. Als sie auf dem Flur standen, schloss sie die Tür hinter sich.

»Er muss schlafen«, sagte sie. »Bitte respektieren Sie das.«

»In Ordnung«, sagte Jan. »Aber die Ärztin meinte, er darf jetzt nicht allein gelassen werden, und früher oder später werden wir uns mit ihm unterhalten müssen – und mit Ihnen auch.«

»Ich kann Ihnen wirklich nicht mehr sagen, als ich es bereits getan habe.«

»Nun«, sagte Jan und wusste nicht, wie er anfangen sollte. »Also, da ist noch eine andere Sache, über die ich mit Ihnen sprechen muss. Das lässt sich nicht aufschieben.«

»Eine andere Sache?«

Jan suchte ihren Blick und schaute ihr fest in die Augen.

»Ja. Es tut mir leid, Ihnen das sagen zu müssen – Ihr Vater ist tot.«

»Mein Vater?« Ihre Augen weiteten sich, und ihr Unterkiefer klappte herunter.

»Augustin Golombek«, sagte Jan. »Wir gehen davon aus, dass er ermordet wurde.«

Sie wankte, fing sich aber gleich darauf wieder. »Ermordet?«, wiederholte sie. »Wer hat das getan?«

»Das wissen wir noch nicht.«

Sie wurde steif wie ein Stock. Holte tief Luft und atmete einige Male kräftig durch, bevor sich ihre Glieder wieder entspannten.

Sie fragte mit fester Stimme: »Können wir zu mir fahren? Und reden?«

»Sicher«, entgegnete Jan, ein wenig verwundert über diese

forsche Reaktion. Er deutete zur Schlafzimmertür. »Und was wird aus ihm?«

»Wir nehmen ihn mit.«

13. Kapitel

Um halb zehn erreichten sie das Haus, in dem Melanie Golombek lebte. Es stand in der Altstadt, der Wiege Rostocks, wie man sagte. Es gab viele alte Häuser, auch einige große Speichergebäude, die nach und nach saniert wurden. Aber es gab auch noch Gebäude, die zerbröckelten und zerfielen. Die jedes Jahr ein bisschen mehr starben. An so einem Gebäude konnte Jan beim Vorbeifahren noch den Schriftzug *Internationaler Klub der Seeleute* lesen, bevor Melanie Golombek ihn bat, zu halten.

Er hatte das seltene Glück, einen Parkplatz gleich vor dem Haus zu finden, das nach dem Krieg zwischen alte, unzerstörte Gebäude gequetscht worden war. Sie stiegen aus und halfen dem stöhnenden Marc Golombek vom Rücksitz. Nachdem seine Schwester die Haustür aufgeschlossen hatte, stiegen sie die Treppe bis in die oberste Etage hinauf, wobei sie Marc in ihre Mitte nahmen.

Melanie hatte eine kleine Wohnung direkt unter dem Dach. Sie brachten Marc in das Schlafzimmer, ein schmaler Raum mit einem Schrank und einem Bett, auf dem eine zerwühlte Decke lag. Ein merkwürdiges Gefühl beschlich Jan in diesem intimen Zimmer. Es roch leicht muffig, als wäre länger nicht gelüftet worden. Zugleich empfand er den Geruch auch irgendwie als angenehm.

Marc ließ sich ächzend auf dem Bett nieder. Er hatte bislang kein einziges Wort gesprochen, und auch jetzt starrte er nur trübsinnig vor sich hin.

»Bitte, wenn Sie uns allein lassen würden«, sagte Melanie.

Jan verließ das Schlafzimmer, stand kurz unschlüssig in dem kleinen Flur und ging dann in einen anderen Raum.

»Ich koche Kaffee. Möchten Sie auch einen?«, hörte er hinter sich Melanies Stimme.

Er drehte sich zu ihr und nickte. Sie verschwand in die Küche. Während er sich in dem Wohnzimmer umschaute, hörte er Geschirr klappern. Die Einrichtung war ordentlich arrangiert. Kein Vergleich zu dem Loch, in dem der Bruder hauste. Wände und Decke waren dunkelgelb, links und rechts standen Möbel – alte Regale und Schränke, die aussahen, als hätte Melanie Golombek sie auf dem Sperrmüll gesammelt; sie waren abgenutzt aber in Ordnung. An der Decke hing ein Leuchter, in dem weiße Kerzen steckten. Über einer Couch, die hinter einem flachen Glastisch stand, klebte ein Poster mit einem weißen Vogel, der mit ausgebreiteten Schwingen über eine weite Landschaft schwebte.

Jan fragte sich, ob es ein Albatros war.

Er zog die Jacke aus, legte sie über seinen Arm und blieb auf dem Weg zur Couch vor einem Regal stehen. Er betrachtete die Namen auf den Buchrücken. Goethe, Schiller, Heine. Die Titel interessierten ihn nicht, er las lieber Zeitschriften, dennoch griff er nach einem der Bücher.

»Schwarz oder weiß?«, hörte Melanie fragen.

Jan, der gerade ein Buch aus dem Regal gezogen hatte, zuckte zusammen. Melanie hatte ihren dicken Pullover ausgezogen und trug jetzt ein enges, schwarzes T-Shirt.

Jan machte ein überraschtes Gesicht.

»Den Kaffee meine ich. Mit Milch oder ohne?«

»Weiß«, antwortete er. »Mit Milch, meine ich.«

»Das habe ich schon verstanden.« Sie zeigte auf das Buch in seiner Hand. »Kennen Sie das?«

Er schüttelte den Kopf.

»Sie sollten es mal lesen.«

»Ja, gern. Vielen Dank für den Tipp.«

Sie verschwand wieder in die Küche, und er betrachtete das Buch mit dem Titel *Die Leiden des jungen Werther*. Es war ein altes Buch mit festem Umschlag und in altdeutscher Schrift gedruckt. Er überlegte eine Sekunde, dann schob er es ins Regal zurück.

Er legte die Jacke auf die Couch, zwängte sich hinter den Glastisch unter das Vogelposter, setzte sich und wartete. Nach einigen Minuten kehrte sie mit einem Tablett zurück, auf dem zwei dampfende Becher, ein Kännchen und ein Aschenbecher standen.

Sie stellte das Tablett auf den Tisch, ließ sich Jan gegenüber in den Sessel nieder und musterte den Polizisten, der in ihrer Wohnung saß. »Auf welche Art wurde mein Vater ermordet?« Die Frage kam unvermittelt und ohne Überleitung.

Die Frau redet nicht lange um den heißen Brei herum, dachte Jan. Er zog einen Kaffeebecher zu sich heran und betrachtete dabei ihr Gesicht, versuchte irgendetwas darin zu erkennen – eine Regung, ein Gefühl. Aber er konnte den Ausdruck, der auf ihrem Gesicht lag, nicht identifizieren. Neugierde?, dachte er. Aufmerksamkeit – vielleicht. Er vermisste etwas Wesentliches: Trauer. Sie hatte gerade eben erfahren, dass ihr Vater ermordet wurde. Aber unter Schock stand sie nicht, das war offensichtlich.

Da fiel ihm ihre Mutter ein, bei der er ebenfalls keine Spur von Trauer entdeckt hatte. Nur diesen Schimmer zwischen den Augenlidern. Erleichterung – ja, das glaubte er erkannt zu haben. Und bei Melanie?

»Wollen Sie mir nicht erzählen, wie mein Vater zu Tode kam? Ich denke, dass ich ein Recht darauf habe.«

»Sicher haben Sie das. Ihr Vater wurde erschlagen.«

»Erschlagen«, wiederholte sie leise. Es klang, als kaute sie das Wort gründlich durch, um es erst zu schlucken, wenn der Bissen zerkleinert und gut zu verdauen war. »Wann ist das geschehen?«

»An diesem Wochenende, vermutlich in der Nacht von Samstag auf Sonntag. Er ist Sonntag früh entdeckt worden. Er – nun ja – hatte sich in einem Fischernetz verfangen. Wir nehmen an, dass er auf seiner Yacht ermordet und anschließend über Bord geworfen wurde.«

Jan beobachtete Melanie Golombek. War er in seinen Erklärungen zu weit gegangen und mutete ihr zu viel zu?

Ihr Blick war in den braunen Kaffeeschaum versunken, der in ihrem Becher kreiste. Dann griff sie in die Ablage unter dem Glastisch, zog einen Beutel Tabak hervor und begann, eine Zigarette zu drehen. Ihre Finger bewegten sich ruhig und koordiniert. Sie zündete die Zigarette an, und während sie rauchte, sagte sie noch einmal mit nachdenklicher Stimme: »Erschlagen.«

»Ja«, bestätigte Jan. »Wann haben Sie denn Ihren Vater das letzte Mal gesehen?«

»Weiß nicht genau – ist schon länger her.« Sie schien zu überlegen. »Vor einem halben Jahr vielleicht. Ja, ich denke, es war am Anfang des Sommers. Ich hatte ihn in seiner Wohnung besucht.« Sie inhalierte tief den Zigarettenrauch, bevor sie ihn aus der Nase wieder hervorquellen ließ. Ihr Gesicht verschwand hinter einer weißen Wand aus Qualm. »Ich hatte ihn um Geld gebeten«, fuhr sie fort. »Aber er wollte mir keins geben.« Sie stieß einen Laut hervor, der wie ein Lachen klang, das in einen Eimer voller Watte gepresst wird. »Er hat mir niemals Geld gegeben«, sagte sie.

»Warum nicht?«

»Wir hatten kein gutes Verhältnis. Eigentlich hatten wir überhaupt kein Verhältnis. Er hat mich gezeugt und glaubte vermutlich, damit seinen verdammten Job erledigt zu haben.«

Die Bitterkeit in ihrer Stimme war nicht zu überhören.

»Und Ihr Bruder? Wie verstand sich Ihr Bruder mit Ihrem Vater?«

»Bei den beiden war es noch schlimmer.« Sie hob und senkte die Schultern, als wäre es die normalste Sache der Welt, wenn man kein oder ein schlechtes Verhältnis zu seinem Vater hatte.

»Ich glaube, ich war meinem Vater nur gleichgültig. Aber meinen Bruder – den hat er gehasst.«

»Er hat seinen Sohn gehasst?«

»Ja. Es war Hass. Vielleicht nicht von Anfang an. Aber spätestens, als Marc anfing, sich gegen den Alten zu wehren, brach der Hass aus.«

»Hat Ihr Vater Ihren Bruder, hat er Marc misshandelt?«

»Misshandelt? Das Wort klingt so nüchtern. Der Alte hat ihn verprügelt. Mit der Faust, mit einem Stock, mit einem Gürtel. Wegen jeder Kleinigkeit gab es Hiebe. Aber – wie ich schon sagte – irgendwann fing Marc an, sich das nicht mehr gefallen zu lassen. Er schlug zurück. Da hat ihn der Alte aus der Wohnung geschmissen.«

»Wann war das?«

Melanie überlegte. »Ich glaube, Marc war damals achtzehn.«

»Hat Ihr Vater Sie auch geschlagen?«

»Das kam vor, aber nicht so häufig und auch nicht so hart. Die Gewalt mir gegenüber war anders. Verbote, Hausarrest. Er schrie mich häufig an.«

»Und Ihre Mutter? Wie hat Ihre Mutter auf all das reagiert?«

Sie drückte die Zigarette in den Aschenbecher und begann gleich darauf, eine neue zu drehen. »Meine Mutter ...«, flüsterte sie durch ihre kaum geöffneten Lippen, dann kroch ihre Zungenspitze heraus und befeuchtete die Klebefläche des Zigarettenpapiers. »Meine Mutter«, sagte sie noch einmal, nachdem sie die Zigarette angezündet hatte, »war schwach, eine graue Maus, wenn man so will. Verstehen Sie mich nicht falsch – ich liebe meine Mutter. Aber sie hat den falschen Mann geheiratet. Er hat sie benutzt. Meine Mutter hat seine Hemden gebügelt, Essen gekocht, die Wohnung sauber gehalten. Das war die Rolle, die er für sie vorgesehen hatte, und sie hat sich ihrem Schicksal ergeben. Wahrscheinlich konnte sie nicht anders.«

»Hat Ihre Mutter nie einen Versuch unternommen, gegen ihren Mann aufzubegehren?«

»Wie soll ich Ihnen das erklären? Also, mein Vater wurde ja nicht erst so ein Arschloch, nachdem er meine Mutter geheiratet hatte. Der war schon immer so. Und meine Mutter war auch schon immer ein labiler Charakter – vielleicht suchte sie deshalb nach einer harten Führung im Leben und ließ sich mit diesem Patriarchen ein, an dem sie schließlich zerbrochen ist. Sie hat in letzter Zeit viel Alkohol getrunken, viel zu viel. Hatte immer wieder Zusammenbrüche. Jetzt ist sie in einer Klinik. Vielleicht besuchen Sie sie einmal und schauen sich an, was er aus ihr gemacht hat.«

»Mhm«, machte Jan. »Wenn Ihr Vater so ein aggressiver Mensch war, warum hat er dann überhaupt Kinder in die Welt gesetzt?«

»Fragen Sie mich was Leichteres. Darauf haben wir auch Antworten gesucht – unser ganzes Leben lang. Vielleicht hat ihm das die Biologie diktiert, und er glaubte, seine kostbaren Gene einfach weitergeben zu müssen.«

Jan goss Milch in seinen Kaffee, und beide tranken einige Schlucke.

Dann fragte Jan: »Was empfinden Sie beim Tod Ihres Vaters?«

Melanie fixierte ihn. Jan hielt ihrem Blick stand, und er bemerkte, dass ihre Augen eine Farbe angenommen hatten wie Eis, durch das sich grelles Sonnenlicht bricht.

Sie schien diese Frage nicht mit drei oder vier Worten beantworten zu wollen und überlegte kurz, bevor sie von Anfang an zu erzählen begann.

Vor der Wende arbeitete Augustin Golombek viele Jahre auf der Werft, irgendwas mit Außenhandel. Nach dem politischen Umbruch fing er bei einer Bank mit dem Namen *Südbank* an. Ein paar Jahre später machte er sich dann als Aktienhändler selbstständig.

Das Geld, das sei seine Welt gewesen, in der Menschen keinen Platz gehabt hätten, sagte Melanie Golombek.

Vor vier Jahren – Melanie war damals fünfundzwanzig Jahre alt – habe sie erfahren, dass sie Krebs hatte. Zu der Zeit studierte sie an der Universität Rostock Literatur und einige andere Sachen und stand kurz vor dem Abschluss, als sie mit der Therapie beginnen musste.

»Mein Bruder half mir, wo er nur konnte«, fuhr sie fort. »Er war immer für mich da, kam jeden Tag ins Krankenhaus oder zu mir nach Hause. Ohne ihn hätte ich diese Zeit nicht überstanden. Auch meine Mutter kümmerte sich um mich – wenn sie konnte. Sie hatte sich nicht getraut, dem Alten von meiner Krankheit zu erzählen und wagte sich daher nur aus dem Haus, wenn sie sicher sein konnte, dass er es nicht mitbekam. Aber irgendwie hat er es dann doch herausgefunden. Eines Tages stand er vor meinem Bett im Krankenhaus. Und was glauben Sie, wie er reagiert hat?«

Jan schüttelte den Kopf. »Ich weiß es nicht.«

»Er hat mich angeschrien, hat mir Vorwürfe gemacht, ich sei an der Krankheit selbst schuld, weil ich zu ungesund gelebt hätte und lauter solchen Unsinn.«

»Wie kam er denn auf den Gedanken?«, stieß Jan aus und merkte dabei, wie entrüstet er war.

»Keine Ahnung, was in seinem Kopf ablief. Wegen der Raucherei vielleicht. Nun, ich habe den Krebs überlebt, und wenn ich Glück habe, kommt die Krankheit nicht wieder. Nun habe ich sogar meinen Vater überlebt.« Melanie holte tief Luft. »Und jetzt fragen Sie mich bitte noch einmal, was ich beim Tod meines Vaters empfinde!«

»Nun?«

Sie beugte sich im Sessel nach vorn, schob ihr Gesicht dichter an Jan heran und flüsterte: »Ich trauere nicht um ihn. Kein bisschen. Sie werden nicht den Hauch von Trauer bei mir feststellen. Aber – um vielleicht Ihrer nächsten Frage vorzugreifen – ich habe ihn nicht getötet!«

Jan schwieg und versuchte, in ihren Augen zu lesen. *Ich habe ihn nicht getötet*. Melanies Augen hielten seinem Blick stand, ihr Ausdruck war fest, entschlossen und authentisch. *Ich habe ihn nicht getötet*. Jan glaubte ihr, und er verspürte einen heftigen Impuls, seine Hand auszustrecken und das Gesicht, das vor ihm über dem Glastisch schwebte, zu berühren und mit seinen Fingern über ihre Wangen zu streichen. Einfach, um ihr zu zeigen, dass sie ihm leid tat. Vielleicht, weil er sie irgendwie verstehen konnte.

Aber er riss sich zusammen und fragte stattdessen: »Wer könnte denn Ihren Vater getötet haben?«

Melanie lehnte sich wieder zurück und hob abwehrend die Hände.

»Was ist mit Ihrem Bruder?«

Sie schnaubte. »Sind Sie noch bei Trost? Marc will doch nur in Ruhe gelassen werden, sonst nichts.«

Jan machte einen weiteren Vorstoß: »Könnte der Mord etwas mit den Aktiengeschäften Ihres Vaters zu tun haben?«

»Woher soll ich das wissen? Vielleicht. Immerhin soll er einige Leute ziemlich ausgenommen haben, habe ich mal gehört.«

»Ach ja? Und von wem haben Sie das gehört?«

Sie schüttelte den Kopf. »Gerede halt. Rostock ist eben auch nur ein Dorf.«

Jan hatte den Eindruck, dass er hier nicht weiterkommen würde. Er wollte das Gespräch beenden und machte gerade Anstalten, seine Jacke zu nehmen und sich zu erheben, als Melanie doch noch etwas sagte.

»Ich glaube, er hatte Schulden.«

»Schulden?« Jan legte die Jacke zurück auf die Couch.

»Es war einige Tage, bevor ich ihn im Sommer in seiner Wohnung besucht hatte, um ihn um Geld zu bitten. Es ging mir sehr schlecht damals, mein Vermieter drohte, die Wohnung zu kündigen, und ich hatte nicht einmal genug Geld, um mir etwas zu essen zu kaufen – ich wollte es ein letztes Mal versuchen.« Melanie griff zum Tabak und drehte sich eine weitere Zigarette. »Ich wartete bei seiner Yacht, die mit dem bescheuerten Namen. Damit fuhr er jeden Samstag auf die Ostsee, das wusste ich. Irgendwann sah ich ihn kommen – aber er war nicht alleine. Da waren noch zwei andere Leute bei ihm, ein Mann und eine Frau. Als sie näher kamen, bekam ich Angst. Also kletterte ich auf ein Schiff, das neben der Yacht lag und konnte von dort aus einen Teil des Gespräches zwischen meinem Vater und dem anderen Mann mit anhören.«

»Worum ging es dabei?«

»Worum schon? Um Geld. Darum ging es bei ihm ja immer. Er verlangte Geld von meinem Vater. Offenbar ging es um eine größere Summe. Der Mann sprach ein gebrochenes Deutsch, mit einem harten Akzent, es klang russisch oder so. Er meinte, mein Vater müsse seine Schulden bezahlen, sonst werde es Ärger geben. Und es sei dann das letzte Mal gewesen, dass er das Mädchen zu ihm bringe.«

»Was war denn das für ein Mädchen?«

»Ich habe sie nur von Weitem gesehen, bevor ich mich versteckt habe. Sie hatte dunkles Haar und schien noch sehr jung zu sein. Mein Vater versuchte, den Mann zu beruhigen und versprach ihm das Geld. Dann verschwand der Mann, und mein Vater legte ab – mit dem Mädchen.«

Jan dachte an die Handschellen und die Peitsche. Dann fragte er: »Was denken Sie, hat Ihr Vater mit dem Mädchen auf dem Schiff gemacht?«

Melanie stieß einen verächtlichen Lacher aus. »Was denken Sie denn? Vermutlich Schach gespielt!«

»Haben Sie eine Idee, wer der Mann gewesen sein könnte?«

»Vielleicht ein Zuhälter. Der Alte ist früher schon regelmäßig ins Bordell gegangen – meine Mutter wusste davon, aber was hätte sie dagegen tun sollen?«

»Seinen Namen? Ich meine, haben Sie den Namen des Mannes, dieses Zuhälters, verstanden?«

»Nur undeutlich, als mein Vater ihn aussprach. Es klang wie ›Kalaschnikow‹.«

»Kalaschnikow?«

»Ja, wie das Maschinengewehr.«

»Pistole«, murmelte Jan. »Es ist eine Maschinenpistole.« Dann griff er nach seiner Jacke.

»Ich danke Ihnen für das offene Gespräch, Melanie. Ich muss jetzt gehen, aber ich bitte Sie, uns sofort zu informieren, wenn Ihnen noch etwas zu diesem Mann einfallen sollte.«

Jan schrieb ihr die Adresse des Kommissariats auf einen Zettel und gab ihr seine Visitenkarte, auf der auch seine Handynummer stand. Er fragte sie nach ihrem Anschluss, und war überrascht und erleichtert zugleich, als sie ihm die Nummer bereitwillig nannte. Er gab sie in den Telefonbuchspeicher ein.

Sie versprach ihm, sich bald zu melden, und beim Abschied nannte er sie erneut nur beim Vornamen, ohne dass es ihm auffiel.

14. Kapitel

Der Mörder erwachte am Vormittag. Wieder dröhnte ihm der Nachhall eines Schnapsrauschs im Schädel, so wie fast jeden Tag in letzter Zeit. Langsam hob er die Augenlider und stellte fest, dass es draußen hell war. Er trank aus einer Plastikflasche einige Schluck Wasser. Gleich nach dem Aufwachen verspürte er erneut den Drang nach Alkohol, musste sich aber zusammenreißen und versuchen, nüchtern zu bleiben, wenigstens noch ein paar Stunden.

Er nahm das Handy, schaltete es ein und starrte einige Sekunden auf das Display, bis das Handy empfangsbereit war. Aber das Symbol mit dem winzigen Telefon, das auf einen verpassten Anruf hinwies, erschien nicht.

Er überlegte, ob er das Telefon eingeschaltet lassen sollte. Noch war der Akku zur Hälfte geladen, und es würde damit bis morgen Abend Strom haben. Was aber, wenn der Anruf bis dahin nicht kam? Daher entschied er, das Handy zunächst wieder auszuschalten.

Er rauchte eine Zigarette, erhob sich anschließend, öffnete die Wagentür und trat auf die Treppe, um seine Blase zu erleichtern.

Er schaute zum Wasser hinüber. Am Ufer hatte sich Eis gebildet. Er sog kühle Luft ein, hauchte sie in kleinen Nebelschwaden wieder aus und wollte dann die Treppe hinuntersteigen. Doch schon auf der obersten der fünf Stufen vor dem Wohnwagen rutschte er aus und fiel der Länge nach hin.

Er spürte es erst, als er sich wieder aufrappelte. Sein rechter Fuß knickte weg, und ein stechender Schmerz durchfuhr sein Bein. Gleichzeitig entleerte sich seine Blase. Der warme Urin zeichnete einen dunklen Fleck auf seine Hose.

»Verdammt«, schrie er. Auch das noch!

Er versuchte erneut, sich aufzurichten, und schaffte es schließlich, die Treppe hinaufzukriechen und im Wohnwagen zur Liege zu schleppen. Er stöhnte und verdammte seine Unachtsamkeit. Immerhin musste er befürchten, dass die Verletzung schwerwiegende Folgen haben könnte.

Minuten später begann der Knöchel, dick zu werden. Er löste das Schnürband am Stiefel, um der Schwellung mehr Raum zu geben. Dann drückte er sachte mit einem Finger auf die Stelle, unter der er die Verletzung vermutete. Sofort loderten die Schmerzen heftiger auf. Er biss die Zähne zusammen.

Als das Feuer in seinem Fußgelenk kleiner wurde, schaltete er das Handy wieder ein und tippte erneut die Nummer. Wieder der Anrufbeantworter und wieder diese verfluchte Stimme, die einen aufforderte, man möge doch bitte eine Nachricht hinterlassen.

Eine Nachricht! Was sollte er denn sagen? Dass er wartete? Dass er Sehnsucht hatte? Dass er hier saß und sich vielleicht das Fußgelenk gebrochen hatte? Oder dass er die Machete gerne mal wieder in einen Schädel schlagen würde? In einen ganz bestimmten Schädel!

Was sollte er also tun?

Er konnte den Wagen nicht verlassen und natürlich auch keinen Notarzt rufen. Was für eine dumme Idee! Der Arzt würde Fragen stellen. Fragen, die er nicht beantworten durfte.

Er musste warten. Und hoffen. Er brauchte das verdammte Geld.

Er griff unter das Bett und zog den Schnaps hervor. Der Drang war übermächtig geworden. Er trank. Um seine Schmerzen zu lindern und seine Wut zu betäuben.

15. Kapitel

Um kurz vor elf betrat Jan sein Büro. Er warf die Jacke auf den Schreibtisch und ging gleich weiter zu Adamskis Zimmer, das schräg gegenüber lag. Er klopfte zweimal, dann öffnete er die Tür, ohne auf ein »Herein!« zu warten. Adamski saß hinter seinem Tisch, wie immer die Unterarme aufgestützt. Das breite Kinn ruhte auf seinen Händen.

Er gähnte herzhaft. »Mistwetter«, sagte er, als wollte er seine Müdigkeit entschuldigen. Er wies Jan den Besuchersessel.

Nachdem Jan sich gesetzt hatte, sagte Adamski: »Es dauert noch ein bisschen, bis dein Mann hier ist. Mindestens eine halbe Stunde.«

»Mhm«, machte Jan und berichtete, was Melanie Golombek über ihren Vater erzählt hatte. Adamski hörte aufmerksam, nickte nur hier und da mit dem Kopf.

»Scheißkerl«, sagte er, als Jan zum Ende gekommen war. »Hast du schon was gegessen?«

»Ich … nein.« Der abrupte Themenwechsel irritierte Jan.

»Dann lass uns in die Kantine gehen. Mit vollem Bauch verhört es sich besser.«

Sie wollten gerade das Büro verlassen, als Adamskis Dienstapparat klingelte. Sofort machte er kehrt, nahm ab und brummte während des Gesprächs einige Male ein »Ja« oder ein »Gut« in den Hörer, bevor er selbst etwas sagte und auflegte.

»Jaeger«, erklärte er. »Er ist noch in Golombeks Büro. Gibt da viele Akten und Unterlagen. Er blickt kaum durch, meint er. Ich habe ihm von der *Südbank* erzählt. Er soll sich einen Termin beim Direktor besorgen.«

Dann gingen sie in die Kantine. Adamski bestellte Bratwurst mit Kartoffeln, Jan Steak mit Pommes frites. Lustlos kaute er auf dem trockenen Fleisch herum. Eine alte Schuhsohle würde vermutlich nicht schlechter schmecken. Er aß die Hälfte des Steaks und einige der Pommes, die auch nicht besser waren. Schließlich verließen sie die Kantine und gingen zurück in Adamskis Büro.

Nach fünf Minuten klingelte das Telefon. Adamski hörte schweigend zu, dann legte er den Hörer auf und schaute Jan an.

»Sie haben deinen Mann aufgetrieben. Der wollte natürlich nicht mit uns sprechen, aber die Kollegen haben ein bisschen nachgeholfen. Sie sind in zwanzig Minuten hier.«

Jan erhob sich. »Gib mir dann bitte Bescheid.«

Er überquerte den Gang zu seinem Büro, ließ die Tür hinter sich ins Schloss fallen und stellte sich ans Fenster. Es regnete wieder. Ob es bald schneit?, überlegte er.

Er dachte an seine Mutter, die junge Lena, als in jener Nacht die Wehen die Geburt ankündigten. Der Schnee, der das Dorf von der übrigen Welt abgeschnitten hatte, der alle Rettungswagen und Ärzte dieser Welt fernhielt. Vielleicht hätte sie gerettet werden können. Sie, die junge Frau, die Lena hieß. Seine Mutter. Vielleicht.

Jan wurde aus seinen Gedanken gerissen, als Adamski die Tür aufstieß und den erwarteten Besuch angekündigte.

Sie marschierten nebeneinander her über den schmalen Gang zu einem Raum, den sie gerne als Vernehmungszimmer bezeichneten und der nicht viel mehr war als ein leer geräumtes Büro, in dem nur noch ein Tisch und einige Stühle standen. Die Wände waren kahl und die weiße Farbe der Tapeten vergilbt. Unter der Decke hing eine Halterung mit Neonröhren, deren Licht dem fensterlosen Raum eine kalte, sterile Atmosphäre verlieh.

Der Mann saß auf einem der Stühle, die Beine weit ausgestreckt, seine Arme baumelten herab, im Mundwinkel wippte eine Zigarette. Lässig schien er sich vorzukommen – und sich verdammt sicher zu fühlen.

Idiot, dachte Jan.

Der Beamte, der auf den Mann aufgepasst hatte, tippte zum Gruß gegen seine Mütze und verließ das Vernehmungszimmer.

Der Mann auf dem Stuhl war jung, vielleicht Mitte zwanzig. Die gegelten, dunklen Haare hatte er stramm hinter die Ohren gebürstet. Er trug einen hellbraunen Mantel, darunter ein buntes Hemd. Die Beine steckten in einer Lederhose, die Füße in langen, spitzen Stiefeln, die von einer Art waren, wie auch Schlorke sie trug.

Das knabenhafte Gesicht grinste. »Habt ihr Feuer?«, fragte es.

»Können Sie sich keine Streichhölzer leisten, Herr Albert?«, knurrte Adamski.

»Was willst du? Natürlich kann ich das – und noch viel mehr. Ich habe ein Feuerzeug aus Gold. Echtes Gold. Da müsst ihr Bullen ein ganzes Jahr drauf sparen, auf so ein Feuerzeug. Aber eure Leute haben mich in diesen verdammten Bullenwagen gezerrt. Ich hatte keine Zeit, mein Feuerzeug einzupacken. So einfach ist das.«

Adamski griff in seine Hosentasche und zog eine Schachtel Streichhölzer hervor. Er zündete eines an und gab dem Mann Feuer.

Jan kannte den Typen aus einem anderen Fall. Ein Mord im Rotlichtmilieu, die Geschichte lag etwa ein Jahr zurück. Er war darin verwickelt gewesen, aber sie hatten ihn laufen lassen. Es war ein Kuhhandel gewesen: Der Mann, der mit dem Namen Nils Albert geboren worden war, sich aber Spike nennen ließ, hatte der Polizei brauchbare Tipps gegeben. Sie konnten daraufhin den Kopf der Bande und einige andere Leute hochnehmen. Nils Albert war in der Szene nur ein kleines Licht, ein Möchtegern-Zuhälter. Aber er kannte sich aus im Milieu, und das zählte damals – und heute.

Adamski stellte sich an die Wand hinter Spike, sodass dieser ihn nicht sehen konnte.

Jan nahm einen Stuhl bei der Lehne und schob ihn vor Spikes ausgestreckte Stiefel. Dann setzte er sich und sagte mit einem Ton, der freundlich aber bestimmt war: »Spike – so heißen Sie doch? Wir wollen Ihnen keinen Ärger machen. Sie erzählen uns ein paar Sachen, und schon sind Sie wieder draußen. Geht ganz schnell, und hinterher denken Sie, dass Sie nie hier gewesen wären. Alles klar?«

Spike zog an seiner Zigarette und pustete Jan den Rauch ins Gesicht. »Was willst du wissen, Kumpel?«

»Namen.«

»Namen«, wiederholte Spike und schnippte die Asche seiner Kippe auf den Fußboden. »Jungs, ich bin nur eine kleine Nummer. Das wisst ihr doch. Ich habe euch damals geholfen, um meinen Arsch zu retten. Aber mein Hintern steht ja wohl heute nicht zur Debatte, oder?« Er grinste breit und sah aus wie ein pausbäckiger Bengel, den irgendeine Zauberei in den Körper eines Erwachsenen hatte schlüpfen lassen.

»Mal sehen«, sagte Jan und fragte mit ernster Stimme: »Gibt es irgendwelche neuen Leute in der Rotlichtszene? Vielleicht Russen?«

Spike drehte genervt die Augen zur Zimmerdecke. »Woher soll ich das wissen? Frag mich was Leichteres.«

»Die Frage ist ganz einfach. Was sind das für Leute? Nennen Sie mir einige Namen, und Sie dürfen wieder gehen.«

»Ich kenne keine Russen. Wenn ihr keine anderen Fragen habt, ist unser Gespräch jetzt beendet. Bringt ihr mich nach

Hause – oder muss ich die Straßenbahn nehmen? Das Fahrgeld erstattet ihr mir ja bestimmt ...«

»Wie geht's eigentlich Ihrem Hund?«, fragte Jan.

Spikes Augen wanderten von der Decke zurück auf Jans Gesicht. »Hä? Was soll das jetzt?«, fragte er und glotzte dabei, als wäre ihm ein Traktor über die albernen Stiefel gerollt.

»Wo war denn Ihr Hund, als unsere Leute Sie vorhin eingesammelt haben?«

»Meine Freundin war mit ihm unterwegs. Der Hund musste mal, ist doch normal.«

»Was ist das noch gleich für eine Rasse? Bullterrier?«

»He, Mann! Worauf willst du hinaus?«

Adamski räusperte sich. Anscheinend hatte er auch keine Ahnung, was Jan mit den Fragen erreichen wollte.

»Also, Spike – ist es nun ein Bullterrier?«

»Ja, er heißt Adolf, frisst am liebsten rohes Fleisch – und er ist angemeldet, alles sauber.« Spike spitzte die Lippen, als wollte er einen Pfiff herauspusten. Dann ließ er seine Zigarette auf den Boden fallen und trat mit dem Hacken seines Stiefels darauf.

Jan ging nicht auf die Provokation ein. »Adolf – richtig«, sagte er. »Vor einigen Wochen hat mir ein Kollege von einem Bullterrier Adolf erzählt. Der Kollege hatte da gerade so eine Sache bearbeitet: Der Bullterrier eines gewissen Nils Albert soll im Rosengarten eine ältere Frau angriffen haben. Sie erinnern sich bestimmt daran.«

»Warum kommst du mir mit der alten Geschichte? Die Alte war doch selber schuld. Nur weil Adolf auf den Weg gekackt hat, hat sie ein Riesengezeter gemacht. Na Gott, und dann hab ich Adolf losgelassen, damit er der Oma einen kleinen Schreck einjagt. Er ist sie bloß ein bisschen angegangen. Kann ich doch nicht wissen, dass die gleich umfällt. Ihr ist aber gar nichts passiert. Adolf hat sie ja auch nicht mal gebissen oder so was. Trotzdem hat sie gleich die Bullen gerufen.«

»Ich weiß. Und später mussten Sie dann eine Geldstrafe zahlen.«

»Ja«, knurrte Spike. »Wie du siehst, es ist alles erledigt.«

»Lesen Sie eigentlich Zeitung?«

»Und was soll das jetzt?«

»Haben Sie meine Frage nicht verstanden? Soll ich ein bisschen lauter reden?«

Adamski machte erneut einen Laut, als hätte sich eine Gräte in seinem Hals verkeilt.

»Mann, sind wir hier in einer Quizshow?«, kläffte Spike. »Also, gut: Ich lese keine Zeitung. Der Kram interessiert mich nicht.«

»Das sollte es aber, Spike. Ich habe nämlich vor einigen Tagen gelesen, dass das Stadtamt die Hundehalter jetzt schärfer kontrollieren will, besonders die mit diesen Kampfhunden. Und wenn einer auffällig wird – dann kommt der Hund weg. Das ist doch interessant, oder nicht?«

Jetzt machte Adamski ein Geräusch, als würde er einen Luftballon aufblasen.

»Na und? Die Sache mit der Oma ist doch erledigt«, flüsterte Spike, und es klang wie ein Winseln. »Da können die mir doch jetzt nicht mehr den Adolf wegnehmen.«

»Nun, wenn die vom Stadtamt die Sache inzwischen vergessen haben, dann wohl nicht. Aber wenn wir an der richtigen Stelle einen kleinen Hinweis auf den aggressiven Kampfhund eines Bürgers mit Namen Nils Albert fallen lassen – ich glaube, die Leute vom Amt würden den anderen Bürgern gerne beweisen, dass sie nicht nur klug daherplaudern. Und irgendetwas werden die schon finden. Was meinst du, Otfried?«

Adamski verließ seinen Platz an der Wand und stellte sich neben Jan.

»Eine Freundin meiner Tochter arbeitet im Stadtamt. Der könnte ich mal einen Tipp geben.«

»Nein!«, rief Spike. »Das könnt ihr nicht machen, ich will Adolf behalten. Hört jetzt auf mit dem Scheiß!«

»Gut, dann beantworten Sie unsere Fragen«, sagte Jan.

»Das ist eine üble Erpressung!«

»Erpressung? Nein, es ist nur unsere Pflicht, die Bürger zu schützen – auch vor gefährlichen Kampfhunden.«

»Verdammt«, sagte Spike. »Wenn es rauskommt, dass ich gesungen habe, machen die mich fertig.«

»Mein Freund«, sagte Jan süßlich. »Mein lieber Freund Spike – vergessen wir doch mal die förmliche Anrede. Ich versichere dir, wenn du plauderst, habe ich deinen Namen und den deines Hundes vergessen, sobald du aus diesem Zimmer verschwunden bist. Wer ist Spike? Wer ist Adolf?«

»Keine Ahnung«, knurrte Adamski, der sich wieder gegen die Wand gelehnt hatte.

»Gut«, sagte Jan. »Dann leg mal los.«

»Ihr seid echt das Letzte! Also, gut. Es gibt da wirklich so eine Gruppe. Die Leute sind recht neu in der Stadt. Die kommen aus Russland und der Ukraine. Einer ist ihr Chef, die anderen gehorchen ihm. Wir wollen mit diesen Leuten nichts zu tun haben. Haben so was wie einen Waffenstillstand mit denen vereinbart. Die können ihr Ding machen, solange sie nicht ihre ganze Ostmafiascheiße herholen.«

»Wie lange sind diese Leute schon in der Stadt, Spike?«

»Vielleicht ein Jahr oder etwas länger. Die haben ein paar Möwen auf dem Markt.«

»Möwen?«, fragte Jan.

»Na, so junge Dinger. Sagt man halt so. Haben sie sich drüben im Osten besorgt. Im Osten, wo sie wenig kosten. Kennt ihr den Spruch ...«

»Nein! Und jetzt möchte ich Namen hören.«

Spike wühlte in seiner Manteltasche und förderte eine Zigarettenschachtel zutage. Er zog eine Zigarette heraus und steckte sie sich in den Mund. »Könnt ihr mir noch mal Feuer geben?«

»Aber selbstverständlich«, sagte Adamski, umrundete ihn und hielt ihm ein brennendes Streichholz hin. »Und Sie dürfen gern auf unseren Boden aschen.«

Spike lächelte gequält. Dann wandte er sich Jan zu.

»Also, einer heißt Kerschakow, ich glaube Igor. Ein anderer Zoltan, das soll die rechte Hand von dem anderen sein. Aber das habt ihr alles nicht von mir gehört! Den Nachnamen von diesem Zoltan weiß ich nicht und die von den anderen auch nicht – könnt ihr mir glauben.«

»Wir glauben dir, Spike«, sagte Jan. »Und jetzt noch eine letzte Frage. Wo finden wir diese Typen?«

Spike überlegte und paffte nervös seine Zigarette. »*Rabennest*«, sagte er dann. »Diese Kneipe unten im Stadthafen. Da trinken sie manchmal.«

»Schön, Spike«, sagte Jan. »Wir danken dir.«

»Warum wollt ihr das alles überhaupt wissen? Habe gehört, die Typen sollen ziemlich nervös sein in letzter Zeit.«

»Nervös?«, fragte Jan.

»Ist nur so ein Gerücht.«

»Gerüchte sind was Feines! Nur heraus damit!«

»Ach, leckt mich doch! Also die Kerle sollen ziemlich aggressiv sein, ich meine, noch aggressiver als früher. Haben vielleicht Angst. Wisst ihr was davon? Haben die Typen was verbrochen? Wir hätten nichts dagegen, wenn die schnell wieder von der Bildfläche verschwinden.«

Jan grinste ihn an und sagte: »Du darfst deine Zigarette gerne in Ruhe aufrauchen. Entspann dich, lass dir Zeit.«

Spike zog ein letztes Mal hastig an seiner Kippe, dann ließ er sie fallen und trat so energisch mit dem Hacken darauf, als hoffte er, auf diese Weise wenigstens einen kleinen Sieg errungen zu haben.

16. Kapitel

Kalaschnikow«, sagte Jan. »Wie die russische Maschinenpistole. So soll der Name geklungen haben, den Melanie Golombek von ihrem Versteck aus gehört haben will.«

»Kerschakow«, sagte Adamski. »Nun ja. Klingt recht ähnlich. Warum nicht? Gar nicht so unwahrscheinlich.«

»Lass es uns versuchen«, ergänzte Jan.

Sie befanden sich in Adamskis Büro hinter dem Schreibtisch und schauten auf den Bildschirm. Adamski saß auf seinem Stuhl, Jan stand daneben.

»Computerkram«, brummte Adamski. »Ich komme mit dem neuen Programm nicht klar.«

Jan tippte ihm gegen die Schulter, nahm die Maus und klickte sich durch das Programm.

Adamski verfolgte die Bewegungen des Mauszeigers auf dem Bildschirm und beobachtete, wie sich Fenster öffneten und schlossen. »Nein«, sagte er. »Das ist nichts für mich. Immer wenn ich dieses Computerzeug sehe, denke ich an meine Datsche. Verstehst du, Adrian? Die Datsche – da ist alles so, wie es immer war. Einfach und schön. Man macht die Tür auf und ist drin in der Bude. Ich weiß, wo der Kühlschrank steht, in welchem Fach das Bier ist. Im Frühjahr pflanze ich mit meiner Frau Tomaten, Gurken und Bohnen und abends sitzen wir ...«

Jan unterbrach seinen Chef: »Aber auf die Tasten drücken bekommst du doch wohl noch hin, oder?«

»Unterschätz' mich nicht! Was soll ich schreiben?«

»Ich habe uns ins Polizeiinformationssystem eingeloggt. In dieses Feld hier schreibst du den Namen Igor Kerschakow.

Schreib ihn so, wie du ihn sprichst – und dann schauen wir, was geschieht.«

»Eingelockt, eingelocht«, brummte Adamski während er die Buchstaben auf der Tastatur suchte und draufdrückte. Sie klickten sich durch die Seiten. Nach einigen Sekunden hatten sie ein Ergebnis und studierten gemeinschaftlich den Text leise vor sich hinmurmelnd.

Kerschakow, Igor, 1963 in Moskau geboren – war auf dem Bildschirm zu lesen. Dann folgte der Lebenslauf, der eine beeindruckende Karriere zeichnete: erste Diebstähle mit vierzehn, danach Körperverletzungen und Raub, mit siebzehn die erste Haftstrafe – ein Jahr. Anschließend steckten sie ihn in eine Lehre als Stahlschweißer. Er brach sie bald ab, jobbte als Hilfsarbeiter und verbüßte immer mal wieder kleinere Haftstrafen. 1984 kam's dann für Igor Kerschakow richtig dicke: Wegen Vergewaltigung und Mord – das Opfer war seine sechzehnjährige Freundin – wurde der junge Mann zu lebenslanger Haft verurteilt, aber 1997 bei einer Generalamnestie wieder entlassen. Anschließend reiste er in die Bundesrepublik Deutschland aus. 1998 wurde er dann in Köln festgenommen, Verdacht auf Frauenhandel und Zwangsprostitution von jungen Frauen aus der ehemaligen Sowjetunion. Kerschakow musste wieder freigelassen werden – eine direkte Beteiligung konnte ihm nicht nachgewiesen werden. Der aktuelle Aufenthaltsort war nicht bekannt. Der Computer vermutete, dass er sich in die neuen Bundesländer – wahrscheinlich Brandenburg – abgesetzt hatte.

»Interessant«, brummte Adamski mit tiefem Bass. »Sehr interessant – das könnte passen.«

Jan fuhr mit der Maus über die Unterlage, klickte hier und da auf irgendwelche Bereiche, und schließlich erschien auf dem Bildschirm ein Foto.

Das also war die Visage von Igor Kerschakow, aufgenommen nach der Festnahme in Köln und somit schon einige Jahre alt. Das Foto zeigte einen unrasierten Mann. Die dunklen Haare kurz geschoren, unter einer vordrängenden Stirn links und rechts neben einer gedrückten, platten Nase kleine, dunkle Augen, die zu weit auseinanderstanden. Ein Stückchen darunter ein schmaler Mund, zusammengekniffene Lippen.

Kerschakows Gesicht sah aus, als wäre es bei einem dieser Spiele entstanden, bei denen man ein beliebiges Gesicht aus verschiedenen Bauteilen zusammensetzt – und bei Igor Kerschakow hatte sich jemand einen Spaß daraus gemacht, alle Sachen zu arrangieren, die überhaupt nicht zusammenpassten.

* * *

Es war fünfzehn Uhr durch, als Jan bei Melanie Golombek klingelte. Sie öffnete ihm im T-Shirt, ihre Beine waren nackt, ihr Haar zerwühlt.

»Ich habe geschlafen«, sagte sie und bat ihn herein.

»Entschuldigen Sie, wenn ich störe«, sagte Jan. »Aber ich habe etwas mitgebracht, das Sie sich anschauen sollten.«

Sie gingen ins Wohnzimmer. Auf der Couch unter dem Plakat mit dem weißen Vogel lag eine Decke. Melanie schob sie zur Seite und ließ sich nieder. Jan nahm wieder im Sessel Platz. Sie gähnte und rieb sich die Augen.

Jan spürte wieder diesen Impuls, sie zu berühren und ihr über das Gesicht und das Haar zu streichen.

Aus seiner Jacke zog er den Computerausdruck mit Kerschakows Visage und legte ihn auf den Glastisch.

»Wer ist das?«, fragte Melanie.

»Er heißt Igor Kerschakow. Bitte schauen Sie sich das Gesicht genau an. Ist das der Mann, mit dem Ihr Vater sich bei der Yacht unterhalten hat?«

Melanie betrachtete das Bild eingehend. Dabei zog sie die Augenbrauen zusammen und spitzte die Lippen. Nach einigen Sekunden nickte sie.

»Sind Sie ganz sicher?«, fragte Jan.

»So ein Gesicht vergisst man nicht.«

Da war Jan ganz ihrer Meinung. »Ich danke Ihnen.«

Er erhob sich und reichte ihr über den Tisch hinweg seine Hand – zum Abschied und um ihre Hand zu spüren. Sie erwiderte die Geste, und ihre Finger berührten sich für zwei, drei Sekunden. Ihre Blicke trafen sich.

»War sonst noch etwas?«, fragte Melanie.

»Äh, ja«, murmelte Jan und zog seine Hand zurück. »Wie geht es Ihrem Bruder?«

»Er ist vorhin gegangen.«

»Warum haben Sie ihn nicht aufgehalten? Die Ärztin meinte doch …«

»Marc ist ein Dickkopf. Wenn er sich entschieden hat zu verschwinden, dann tut er das.«

»Wissen Sie, wo er jetzt ist?«

Sie schüttelte den Kopf. »Ich hoffe, er ist nach Hause gegangen und schläft.«

»Es wäre wirklich besser für ihn, wenn er doch noch ins Krankenhaus geht. Vielleicht sagen Sie ihm das, falls er sich meldet.«

»Vielleicht.«

Jan suchte ihre Augen. Seine nächste Frage traf sie unvorbereitet. »Ach, und noch etwas: Nimmt Ihr Bruder Drogen?«

Melanie starrte ihn an. Ihr Blick war zunächst überrascht, dann abschätzend und zweifelnd.

»Ich glaube nicht, dass Sie das etwas angeht«, meinte sie.

»Mag sein. Sollte diese Frage aber irgendeine Bedeutung für den Fall haben, werde ich sie Ihnen erneut stellen. Und dann müssen Sie mir antworten!«

Melanie strich sich eine Haarsträhne aus dem Gesicht und legte den Kopf in den Nacken. Sie starrte ihn an, angriffslustig wie eine Katze, die im Begriff ist, sich auf eine Maus zu stürzen.

Er drehte sich um und ließ sie auf ihrer Couch zurück, unter dem Vogel, der mit weiten Schwingen ihren Schlaf bewachen durfte.

* * *

Um halb fünf versammelten sich die Kripobeamten im Besprechungszimmer. Adamski thronte wie gewohnt am Kopfende des Tischs. Auf der einen Seite saßen Tammo Jaeger und Jan, auf der anderen saß Rudi Schlorke. Sanders lag immer noch krank im Bett. Dafür war Grzymek anwesend, der kurzsichtige Spurensicherer.

Jan eröffnete die Runde und berichtete vom Überfall auf Marc Golombek, den Sohn des ermordeten Seglers. Er erzählte vom Gespräch mit Melanie Golombek, vom Zuhälter Spike, der den Namen Igor Kerschakow ausgespuckt hatte, und von der Annahme, dass dieser Kerschakow dem alten Golombek Frauen vermittelt haben könnte, mit denen der Ermordete perverse Spielchen auf seiner Yacht trieb.

»Gute Arbeit«, sagte Adamski. »Was haben wir noch?«

Schlorke stieß Grzymek an, der den Eindruck machte, als wollte er gerade einschlafen. Grzymek zuckte zusammen, dabei vollführte die dicke Brille auf seiner Nase einen kleinen Hopser.

»Ja«, sagte Grzymek. »Ich habe diese Dinge auf der Yacht gesichert. Eine spezielle Peitsche, nennt man neunschwänzige Katze. Und dann noch die Handschellen. Sind benutzt worden, an den Handschellen waren Spuren von Haut und Blut, an der Peitsche ebenfalls.«

»So, so«, brummte Adamski. »Und hast du vielleicht noch etwas anderes entdeckt? Vielleicht noch ein weiteres Geheimfach?«

»Nein, kein weiteres Geheimfach – habe alles auf den Kopf gestellt«, sagte Grzymek, und unter seiner Nase krochen kleine Schweißtropfen aus der Haut. Es war ihm peinlich, dass nicht er die Peitsche und die Handschellen entdeckt hatte. »Aber noch was anderes habe ich gefunden: Haare, Frauenhaare. Lange, schwarze Haare. Lagen hinter der Matratze und unterm Bett. Waren einige davon da.«

»Wie lang?«, fragte Jan.

Grzymek breitete seine Hände fast einen Meter auseinander, als wollte er die Größe eines geangelten Fischs demonstrieren.

»Die könnten von dieser jungen Frau stammen, die der alte Golombek auf seiner Yacht mitgenommen hatte«, sagte Jan.

»Und Marc Golombeks Wohnung?«, fragte Adamski. »Was ist damit?«

»Da kommen wir gerade erst her«, sagte Grzymek. »Kann dazu noch nicht viel sagen. Nur dass es Fußspuren gibt von drei verschiedenen Leuten, die nicht von einem Polizisten oder Sanitäter oder dem Überfallenen stammen. Das konnten wir gut feststellen, weil es draußen geregnet hatte und die Leute den Dreck vom Fußweg mit in die Wohnung getragen haben.«

»Drei Leute?«, überlegte Jan laut. »Marc hatte von drei Gestalten gesprochen, die ihn angegriffen haben. Die Sache könnte also stimmen.«

»Sonst noch was?«, fragte Adamski.

»Fingerabdrücke«, sagte Grzymek. »Jede Menge. Muss ich noch auswerten.«

»Drogen?«, fragte Jan.

»Drogen?«, wiederholte Grzymek.

»Ja. Irgendwelche Spuren von Drogen?«

»Nee, nichts. Habe auch nicht besonders darauf geachtet. Das musst du mir doch sagen!«

Adamski hob abwehrend die Hände. »Schon gut«, sagte er. »Um die Drogen kümmerst du dich morgen. Jetzt zu dir, Jaeger.«

Der Angesprochene begann mit seinem Bericht: »Akten, Ordner, Papiere – tausende Papiere. Zahlen und Tabellen. Ich denke, das ist eine Sache für die Kollegen von der Wirtschaftskriminalität. Ich blicke da nicht durch.«

Dann machte Jaeger eine kurze Pause, holte tief Luft und sagte: »Aber ich habe in Golombeks Schreibtisch einen interessanten Brief entdeckt. Einen Drohbrief – und zwar einen ziemlich direkten.«

»Aha«, sagte Adamski. »Wo ist der Brief?«

Jaeger verschwand unter den Tisch und tauchte mit einer Aktentasche wieder auf. Er ließ die Verschlüsse aufschnappen, entnahm der Tasche eine Plastikfolie, in der sich ein handbeschriebenes Blatt Papier befand, und hielt das Schreiben in die Höhe. »Es steht sogar die Adresse des Absenders drauf«, sagte er.

»Und?«, fragte Schlorke spitz. »Ist es deine eigene Anschrift, Tammo?«

Jaegers Hand ballte sich zur Faust.

»He, das sollte ein Scherz sein«, rief Schlorke.

»Ruhe«, brummte Adamski. »Tammo, lies den Brief vor.«

Jaeger murmelte einige Worte in Schlorkes Richtung, die keiner der Anwesenden verstand. Dann begann er zu lesen:

»Ich habe alle Unterlagen noch einmal geprüft und bin überzeugt, dass Sie mich betrogen haben. Ich bin am Ende und weiß nicht mehr weiter. Das ist meine letzte Aufforderung: Geben Sie mir das Geld zurück, oder es geschieht ein UNGLÜCK … Dann folgt eine Unterschrift, die ich nicht entziffern kann. Ich denke aber, dass sie mit dem Absender übereinstimmt.«

»Steht ein Datum drauf?«, fragte Adamski.

»19. September.«

»Zweieinhalb Monate. Warum sollte der Absender so lange gewartet haben, bis er seine Drohung in die Tat umsetzt?«

Jaeger hob die Augenbrauen und schüttelte den Kopf. Auch die anderen Kollegen hatten keine Antwort auf die Frage parat.

»Mach dich auf den Weg«, sagte Adamski. »Nimm dir den Briefschreiber zur Brust – und zwar schnell.«

»Reg' dich nicht auf. Sobald wir mit der Besprechung fertig sind, fahre ich los. Ein Streifenwagen wartet bereits. Aber vielleicht wollt ihr noch hören, was bei dem Gespräch in der *Südbank* herausgekommen ist?«

»Und?«, fragte Adamski.

»Also, der Chef dieser Bank konnte einiges über unseren Golombek berichten. Benno Krieg, so heißt der Leiter, hatte sich Golombeks alte Bewerbungsunterlagen heraussuchen lassen. Hier sind sie.« Jaeger legte den Brief zurück in die Aktentasche und nahm eine Mappe heraus.

»Wir können die Unterlagen später in Ruhe studieren«, sagte Adamski. »Fass zusammen – was steht drin?«

»Golombek hat in den Sechzigern Wirtschaft studiert, hier in Rostock. Danach arbeitete er auf der Werft, leitete später den Bereich Außenhandel. Gleich nach der Wende hatte er sich bei der *Südbank* beworben. Krieg war aus dem Westen gekommen und baute gerade die Filiale hier in Rostock auf. Dafür suchte er Leute, die sich mit der Gegend und mit Geld auskannten. Da kam ihm Golombek gerade recht.« Jaeger drückte die Zigarette in den Aschenbecher und zündete sich gleich darauf eine neue an. Er hustete wieder, dann fuhr er fort. »Krieg war voll des Lobes über Golombek. Ein knallharter Geschäftsmann sei der gewesen – skrupellos und nur auf Gewinn fixiert. Das hat Krieg natürlich so nicht formuliert, aber ich habe mir meinen Teil gedacht. Golombek war dafür zuständig, Firmen billig aufzukaufen und nach einiger Zeit dichtzumachen – damit verdienten die ihr Geld. Fragt mich jetzt bitte nicht, wie das funktioniert. Aber Golombek schien gut darin gewesen zu sein, er wurde Mitte der Neunziger sogar der zweite Mann in der Bank, gleich hinter Krieg. Und dann kündigte er.«

»Warum?«, fragte Adamski.

»Krieg vermutet, dass Golombek damals seine Chance gewittert hatte, auf dem freien Markt mit Aktien mehr Geld zu verdienen.«

»Hat dieser Krieg irgendetwas über Golombeks Familienleben erzählt?«, fragte Jan.

»Nicht viel. Er wusste wohl, dass Golombek verheiratet war, mehr nicht. Golombek hat anscheinend nie etwas darüber erzählt.«

»War das alles?«, fragte Adamski.

Jaeger nickte.

»Gut«, brummte Adamski. Dann senkte er den Kopf und kratzte einige Sekunden an seiner Kopfhaut herum. Winzige Schuppen rieselten aus seinen Haaren und schwebten auf den Tisch.

Der Chef überlegte.

Schließlich pustete er die weißen Krümel von der Tischplatte, erhob sich und ging zum Fenster. Die anderen warteten auf seine Anweisungen.

»Tammo, auf geht's«, sagte er.

Jaeger erhob sich.

»Adrian und Schlorke«, sagte Adamski, »ihr schiebt heute Nachtschicht. Fahrt in dieses *Rabennest*. Schaut euch um. Und sollte dieser Kerschakow auch da sein, beobachtet ihn. Unauffällig. Mehr nicht, nur beobachten. Diese Leute sollen nervös und aggressiv sein. Wir müssen behutsam vorgehen – der Kerl darf nicht gewarnt werden.« Damit beendete Adamski die Runde.

Jan dachte an Kerschakow, den Mann mit der verrutschten Visage. Der Gedanke an den Kerl gefiel ihm nicht. Und er dachte an den Nachteinsatz mit Schlorke. Was um Himmels willen sollte er den ganzen Abend mit diesem Typen anfangen. Übers Wetter reden?

17. Kapitel

Igor Kerschakow saß an der Theke, vor ihm ein großes Bier und ein doppelter Wodka. Er hatte sich bei dieser Abendbeschäftigung einen gewissen Rhythmus angeeignet. Trank einen Schluck Bier, inhalierte drei Züge von der Zigarette, trank wieder einen Schluck, inhalierte und trank, bis das Bierglas leer war. Dann kippte er den Wodka und gab der jungen Frau auf der anderen Seite der Theke ein Zeichen, indem er einmal kurz und eindringlich pfiff.

Die Frau – sie war vielleicht zwanzig Jahre alt, blond und mit Ringen und Steckern in Gesicht und Bauchnabel gepierct – reagierte sofort, schenkte aus einer Flasche den Wodka nach und stellte ein gefülltes Glas Bier auf den Tresen. Igor fuhr sogleich in seinem Rhythmus fort.

Neben Igor Kerschakow saß ein anderer Mann. Auch er trank und rauchte mit System. Vielleicht war der Mann dieser Zoltan, Nachname unbekannt.

Viel war nicht los im *Rabennest*, einer jener Kneipen, in denen scheinbar niemals ein Fenster geöffnet wird. Vorhänge, Tischdecken, sogar die Bierdeckel verströmten das Aroma ungezählter Zigaretten und Biere. Über den braunen, fleckigen Tischen baumelten mit gelbem Stoff bespannte Lampen, und sie beschienen die Szenerie in unspektakulärem Licht wie in einem schlechten Theaterstück, bei dem man nach fünf Minuten weiß, wie es enden wird.

Aus einem Radio tröpfelte launige Popmusik.

Es war halb acht, und außer Igor Kerschakow, seinem Kumpel und der blonden Bedienung befanden sich vier weitere Männer in dem Lokal.

Einige Meter neben Igor saß ein älterer Mann an der Theke. Er trank ebenfalls Bier und Schnaps – was sonst? – und blätterte in einer Zeitung. In der vergangenen halben Stunde hatte er sie dreimal bis zum Ende durchgesehen und wieder auf der ersten Seite begonnen. Seine nervösen Blicke hielten sich an den streng geordneten Buchstabenreihen fest, ohne den Inhalt der Texte zu erfassen. Nur hin und wieder warf er einen scheuen Blick über den Rand des Bierglases hinweg auf den Hintern oder die Brüste der jungen Bedienung.

In einer hinteren Ecke des *Rabennests* hatte ein weiterer Mann sein Haupt auf eine Tischplatte gebettet. Die grauen, fettigen Haare wuchsen seit Monaten ungezähmt und hatten sich jetzt um den Kopf des Schnarchenden auf der Tischdecke verteilt. Eine Batterie von zehn leeren Schnapsgläsern verwies auf die Ursache seines tiefen Schlafs.

Jan und Schlorke saßen gleich neben dem Eingang, nippten stumm an ihren Bieren, und ihre Augen stachen Löcher in die rauchige Luft. Sie gaben sich Mühe, so unauffällig wie möglich zu sein.

Irgendwann kletterte Igor Kerschakow vom Barhocker und verschwand hinter einer Tür neben der Theke. Kurz darauf kehrte er zurück, blieb bei seinem Kumpel stehen und ließ sein Handy ganz langsam in die Jacke gleiten. Dann stieg Igor Kerschakow wieder auf den Hocker und fuhr in seinem Trink-Rauch-Rhythmus fort.

Einige Minuten später kam die junge Frau hinter der Theke hervor und trat an den Tisch, an dem Jan Adrian und Rudi Schlorke saßen.

»Wollt ihr noch was trinken?«, fragte sie.

Schlorke nickte. »Zwei Bier«, sagte er.

»Für mich ein alkoholfreies, ich muss noch fahren«, meinte Jan.

Während die junge Frau unter der Theke nach einem alkoholfreien Bier forschte, schwang plötzlich die Eingangstür auf und zwei Männer, bekleidet mit schwarzen Lederjacken, schwarzen Hosen und schwarzen Mützen, betraten das *Rabennest*. Mit ihnen schwappte eine Welle sauerstoffhaltige Luft in die Kneipe, die in den Rauchschwaden sogleich wieder verebbte. Die schwarzen Männer gesellten sich zu Igor und seinem Kumpel und bestellten Wodka.

Die junge Frau kehrte zum Tisch neben dem Eingang zurück und brachte für Schlorke ein Glas mit normalem und für Jan eine angestaubte Flasche mit alkoholfreiem Bier mit.

»Hab' euch hier noch nie gesehen«, sagte sie.

»Ja«, erwiderte Jan. »Ist schön bei euch, vielleicht kommen wir nun öfter.«

»Gern«, sagte die junge Frau und beugte sich vor, um nach Jans Glas zu greifen. Dabei berührten ihre spitzen Brüste Jans rechten Unterarm. Dann verharrte sie eine Sekunde oder auch zwei, und Jan nahm durch die rauchgeschwängerte Luft ihr Parfüm wahr, das nach WC-Reiniger roch.

Schließlich zog die junge Frau ihre Brüste zurück und schenkte das Bier ein.

»Sonst noch einen Wunsch?«, fragte sie und machte sich mit der zweiten Flasche an Schlorkes Glas zu schaffen.

»Erstmal nicht, danke«, sagte Schlorke.

»Ihr wisst ja, wo ihr mich findet«, sagte sie und stülpte dabei ihre vollen, roten Lippen vorwärts, als wollte sie den beiden einen Luftkuss geben. Dann drehte sie sich um und verschwand hinter der Theke.

Jans Blick fiel auf die verschnörkelte Tätowierung über ihrem Hintern, die zwischen dem kurzen T-Shirt und der engen Jeans hervorschaute. Arschgeweih, dachte Jan, irgendein kreativer Kopf hat das mal Arschgeweih genannt.

Währenddessen tranken, rauchten und schwiegen Igor, sein Kumpel und die beiden schwarz bekleideten Männer.

Jan nippte am alkoholfreien Bier und bekam Lust auf eine Zigarette. Er durchsuchte seine Taschen, entdeckte aber keine Schachtel. Hatte sie wohl zu Hause vergessen. Schlorke war Nichtraucher, den brauchte er nicht zu fragen. Also stand er auf und schlenderte zur Theke. Dabei hielt er einen gebührenden Abstand zu Igor und seinen Leuten und stellte sich neben den Mann, der seine Zeitung zum mittlerweile fünften Mal studierte.

Die junge Frau grinste zu Jan herüber und legte den Kopf schief. »Haste es dir anders überlegt?«

»Hm, wo ist der Zigarettenautomat?«, entgegnete Jan.

Die Frau deutete in Richtung der Tür, aus der Igor vor einigen Minuten wieder aufgetaucht war.

Jan nickte ihr zu, dann umrundete er Igor und seine Gefährten in weitem Bogen und öffnete die Tür. Dahinter befand sich ein schmaler Flur. Die Wände waren kahl und gelb gestrichen. Der Flur mündete in einer weiteren Tür, an der ein Schild mit der Aufschrift *Toilette* hing. Vor der Toilette stand der Zigarettenautomat. Jan fischte Münzen aus seiner Hosentasche, warf sie ein und drückte eine Schachtel *Cabinet* raus. Es rappelte im Automat, und als er sich niederbeugte, um die Zigaretten aus dem Fach zu nehmen, hörte er, wie hinter ihm die Tür geöffnet wurde.

Dann ging alles ganz schnell.

Die beiden schwarz gekleideten Männer und der Mann, der möglicherweise Zoltan hieß, stürmten in den Flur. Der Flur war so eng, dass sie nur hintereinander Platz hatten. Es dauerte Sekundenbruchteile, bis der vordere der Männer Jan erreichte und ihn gegen den Automaten warf. Jan rollte sich ab, und es gelang ihm, sein Gleichgewicht zu halten. Da preschte der Mann erneut vor mit der deutlichen Absicht, ihm einen Schlag ins Gesicht zu verpassen. Jan duckte sich rasch, die Faust knallte gegen die Tür. Es gab das dumpfe Geräusch eines schweren Hammers, der auf Holz trifft. Der Mann schrie auf. Jan federte nach vorne, rammte dem Mann die Faust unter das Kinn, und es machte dabei ein Geräusch, als hätte er dem anderen den Unterkiefer gebrochen. Der Mann schrie erneut auf. Blut tropfte aus seinem Mund.

Die Nummer zwei hinter dem Mann mit dem gebrochenen Kiefer drängte nun vor und schubste seinen Kumpel zur Seite. Er hatte ein Messer gezückt und fuchtelte damit auf Jans Kehle zu. Der wartete keine Sekunde zu lang und fegte dem Messerstecher einen Fuß in den Unterleib. Der Mann erstarrte in seiner Bewegung, und sein Gesicht nahm eine Farbe an, als dränge sein Abendbrot aus dem Magen zurück in den Mund.

Während der Mann würgte und der dritte dahinter mit einem Totschläger drohte und plötzlich auch noch Igor selbst auf dem Flur erschien, tastete Jan nach dem Türgriff, der sich irgendwo hinter ihm befand. Er spürte ihn und drückte ihn abwärts. Die Tür öffnete sich.

Jan schlüpfte hinein, schloss die Tür hinter sich und drehte den Knopf auf *Besetzt*. Die Toilette maß höchstens zwei Meter im Quadrat. Es gab ein Waschbecken mit angetrockneten Resten einer Substanz, die Erbrochenes sein konnte, und ein Toilettenbecken, auf dem die Brille fehlte. In einer Höhe von etwa eineinhalb Metern befand sich über der Toilette ein schmales, hohes Fenster.

Wütende Schläge trafen von außen die Tür, jemand schrie Worte, die Jan nicht verstand.

Er dachte an seine Pistole und wollte sie schon aus der Halterung ziehen, als er inne hielt. Vielleicht konnte er es vermeiden, sie zu benutzen.

Er kletterte auf den Rand des Toilettenbeckens und betrachtete das Fenster. Es war oben und unten mit Haken am Rahmen befestigt. Jan ruckte an den Haken, und schließlich gaben sie nach. Das Fenster ließ sich öffnen.

In dem Moment, als er das Fenster aufstieß, brach hinter ihm die Tür aus den Angeln. Er schaute über seine Schulter und sah einen der Männer auf dem Boden liegen. Ein anderer krabbelte über den Mann hinweg und auf Jan zu. Es war Igor. Seine Unterlippe zuckte, seine Augen funkelten. Er sah aus wie ein hungriger, hässlicher Wolf, der nach Wochen ohne Nahrung auf Beute hofft.

Jan zwängte sich durch das schmale Fenster und brachte seinen Oberkörper hindurch. Dann spürte er, wie ihn jemand festhielt. Jan trat blind und wild nach hinten aus. Irgendwer stöhnte laut, und jemand packte ihn an der Hosentasche, zerrte und zog daran. Schließlich riss die Tasche auf – seine Brieftasche fiel heraus. Der Mann, der sich an Jans Hose zu schaffen machte, bekam die Polizeimarke in die Hand.

Es wurde still in der Toilette.

Jan nutzte die Gunst der Situation und zwängte auch den Rest seines Körpers durch die Öffnung. Er spürte, wie die Kette, an der die ovale Marke mit der Aufschrift *Kriminalpolizei Mecklenburg-Vorpommern* befestigt war, riss. Dann war er frei und fiel auf den Betonboden hinter dem *Rabennest*. Er landete zwar nur auf der Schulter, aber der heftige Aufprall raubte ihm für einige Sekunden das Bewusstsein.

Als er wieder zu sich kam, hörte er sich nähernde Schritte. Er rollte sich hinter eine Mülltonne und ging in die Hocke, bereit zum Angriff.

Ein Schatten erschien vor der Tonne – nur einer, und der Schatten gehörte weder Igor noch einem seiner Leute. Er gehörte Schlorke.

»Adrian?«, flüsterte er. Und noch einmal: »Adrian?«

Jan stieß die Mülltonne um, und sie rollte auf Schlorke zu. Es schepperte und klirrte, und der stinkende Tonneninhalt ergoss sich über den Beton.

Schlorke stieß einen Schrei aus. Er schien Angst zu haben, griff blitzschnell in seine Jacke und beförderte seine Pistole zutage.

»Lass sie stecken«, rief Jan und erhob sich.

»Du Mistkerl«, brüllte Schlorke. »Bist du wahnsinnig geworden, mich so zu erschrecken?«

»Und du?«, fauchte Jan zurück. »Wo warst du eben? Die Typen wollten mich fertigmachen!«

Schlorke betrachtete beiläufig den Abfall aus der Tonne. »Ich habe Verstärkung gerufen.«

»Wo sind die Kerle hin?«

Schlorke dämpfte seine Stimme. »Keine Ahnung. Sie sind vorne durch die Tür raus.«

»Ich kann dich nicht verstehen!«

»Als Igor hinter den anderen her ist, bin ich aus der Kneipe gegangen und hab mich neben dem Eingang versteckt. Kurz darauf sind sie alle an mir vorbeigerannt. Was hätte ich denn machen sollen?«

»Mir helfen zum Beispiel!«

»Die waren zu viert.«

»Das hab' ich auch gesehen.«

Die fruchtlose Diskussion erschöpfte sich, und sie gingen zum Vordereingang des *Rabennests*, wo die Kollegen hoffentlich bald eintreffen würden.

»Das mit den Zigaretten war deine verdammte Idee«, sagte Schlorke.

Offenbar hatte er noch immer nicht genug und versuchte nicht nur, sich reinzuwaschen, sondern Jan die Schuld an dem missglückten Einsatz zuzuschieben.

»Na und?«, gab er zurück.

»Damit hast du uns in große Gefahr gebracht – ich hoffe, das ist dir klar.«

»Was willst du damit sagen?«

»Nun, wenn du keinen Alleingang unternommen hättest, würden wir noch immer in der Kneipe sitzen und Igor beobachten.«

»Schwachsinn! Das hatte nichts mit den Zigaretten zu tun.«

»Ich sehe nur die Fakten, und die sprechen gegen dich, Adrian. Du hast Igor aufgescheucht. Wir werden tief buddeln müssen, um den Wurm wieder auszugraben. Das wird Adamski gar nicht schmecken.«

»Halt die Klappe, Schlorke! Igor hätte mich nicht angegriffen, wenn er geahnt hätte, dass wir Bullen sind. Die Kerle sind geflüchtet, als sie meine Polizeimarke entdeckt haben. Vielleicht haben ihm deine dämlichen Zuhälterstiefel nicht gefallen.«

Schlorke zuckte mit den Schultern und grinste.

Jan verspürte den heftigen Drang, dem Kollegen auf die Nase zu hauen. Aber er biss sich auf die Unterlippe und ließ die Fäuste an der Hosennaht.

Er wendete sich von Schlorke ab, um ins *Rabennest* zu gehen und nach seiner Brieftasche und der abgerissenen Polizeimarke zu suchen.

»Die Geschichte wird Adamski überhaupt nicht gefallen«, rief ihm Schlorke hinterher.

18. Kapitel

Jan fand seine Sachen neben dem Toilettenbecken, steckte sie in die Jacke und kehrte in die Kneipe zurück. Die junge Frau saß an einem der Tische, das Gesicht zwischen ihren Händen vergraben. Sie schien zu weinen. Der langhaarige Gast schlief noch immer mit dem Kopf auf der Tischplatte hinter den Schnapsgläsern. Der Zeitungsleser war verschwunden.

Jan ging nach draußen; er hatte keine Lust, das Mädchen zu vernehmen. Das sollten die Kollegen übernehmen.

Schlorke hatte sich nicht von der Stelle gerührt. Er stand da, wippte in seinen langen, spitzen Stiefeln hin und her und summte ein Lied.

Eine Minute später rollten zwei Streifenwagen heran. Die Beamten stiegen aus, und Schlorke schilderte die Lage, bevor sie ins *Rabennest* marschierten.

»Fahr nach Hause«, sagte Schlorke im Vorübergehen zu Jan. »Wir erledigen das hier.«

Jan erwiderte nichts. Er hatte für heute genug. Für einen weiteren Streit mit Schlorke fehlte ihm die Kraft.

»Leg dich ins Bett«, sagte Schlorke noch, verzog den Mund zu einem breiten Grinsen und folgte dann den anderen in die Kneipe.

Jan blieb vor der Tür stehen und wartete, bis seine Wut nachließ – dieses dumpfe Gefühl, das in seinem Magen rumorte.

Um ihn herum war Dunkelheit. Eine Bö traf ihn im Gesicht. Es begann zu regnen, zunächst nur ein paar Tropfen, dann schüttete es. Als er schließlich im Auto saß und den Motor startete, fühlte er sich, als hätte er grüne Heringe verspeist, die eine Woche in der Sonne gelegen hatten.

* * *

Im Flur seiner Wohnung blinkte der Anrufbeantworter neben dem Telefon auf der Kommode. Jan ließ seine Jacke auf den Boden fallen, zerrte die regennasse Hose von seinen Beinen und drehte die Heizung im Wohnzimmer auf. Dann nahm er die Plastiktüte, die sie ihm an der Tankstelle mitgegeben hatten, stellte sie auf den Küchentisch und zog die Weinflasche heraus. Es war ein billiger Rotwein, nicht zum Genießen, sondern zum Verdrängen. Er zog den Korken mit einem ploppenden Geräusch aus dem Flaschenhals, goss ein Glas voll und nahm einen Schluck. Dann drückte er auf den Wiedergabeknopf des Anrufbeantworters.

Es war Dorothea, eine Freundin aus der Schulzeit, die noch immer in dem Dorf lebte, in dem Jan aufgewachsen war. Dorothea war der einzige Mensch aus dieser Vergangenheit, zu dem er einen losen Kontakt pflegte.

In der kurzen Nachricht auf dem Anrufbeantworter bat sie ihn um einen Rückruf. Er nahm das Telefon, schleppte es mitsamt Kabel ins Wohnzimmer, ließ sich auf die Couch sinken und wählte Dorotheas Nummer.

Sie meldete sich.

»Hast du geschlafen?«, fragt er.

»Ich bin vorm Fernseher eingenickt. Danke, dass du anrufst. Ich hab lange nichts mehr von dir gehört. Wie geht's dir denn?«

»Ich habe ein Dach über dem Kopf und relativ trockene Füße.«

»Scherzkeks! Das reicht dir also zum Glücklichsein?«

»Das Glück versteckt sich häufig in den kleinen Dingen dieser Welt.«

Dorothea machte ein Geräusch, als ob sie leise lachte. »Bist du zum Philosophen mutiert? Ich merke schon, du scheinst nicht in der Stimmung zum Plaudern zu sein. Kommst du in nächster Zeit mal wieder in unsere Gegend?«

»Das hatte ich eigentlich nicht vor.«

»Hm. Vielleicht kannst du es einrichten. Der Lehrer ist nämlich gestorben.«

Der Lehrer war tot! Die Nachricht verschlug Jan für einen Moment die Sprache.

»Wann … war das?«, fragte er dann.

»Vor einigen Tagen. Ich habe es nur aus der Todesanzeige in der Zeitung erfahren.«

»Storuman«, flüsterte Jan.

»Es tut mir leid. Hast du noch Kontakt zu ihm gehabt? Er war ja immerhin so etwas wie ein Vater für dich.«

Jan schenkte Wein nach.

»Mein Vater hat sich aus dem Staub gemacht. Ich habe keinen Vater. Und der Lehrer? Ich weiß nicht, ob er ein Ersatz für einen Vater war. Woran ist er überhaupt gestorben? Nun, der Jüngste war er ja nicht mehr.«

»Das weiß ich nicht. Ich werde mich mal umhören.«

»Das wäre lieb von dir.«

Sie verabschiedeten sich, und Jan legte auf. Dann trank er, bis die Flasche leer war, und er hoffte, einschlafen zu können.

19. Kapitel

Tammo Jaeger zupfte die Gardine vor dem Fenster ein Stück zur Seite.

Vor einer halben Stunde war er nach Hause gekommen. Zuvor hatten er und ein Kollege von der Schutzpolizei der Adresse, die auf dem Drohbrief angegeben war, einen Besuch abgestattet. Eine Frau in den Sechzigern hatte ihnen geöffnet und, nachdem sie ihren ersten Schrecken überwunden hatte, steif und fest behauptet, ihr Mann sei nicht anwesend, sondern befinde sich auf der Sitzung eines Plattdeutsch-Vereins. Daraufhin waren Jaeger und der Kollege in den Fischereihafen gefahren, aber die Baracke, in der der Verein tagen sollte, war überraschenderweise verschlossen.

»Regnet es noch?«, fragte Ella Jaeger hinter ihm.

Tammo drehte sich zu seiner Frau um »Es nieselt. Man kann die Tropfen erkennen, wie sie in die Pfützen platschen. Und es ist windig. Papier weht durch die Straße.«

»So ein Wetter.«

»Ja, so ein Wetter.« Er seufzte, schlurfte zu seinem Sessel, ließ sich hineinsinken und griff nach der Zeitung, die neben ihm auf dem Boden lag. Er faltete sie auseinander und blätterte um, bis er die Seiten gefunden hatte, nach denen er suchte. Seiten voller Zahlen.

Ella saß wie immer in ihrem Sessel, ihrem Mann gegenüber, und klapperte mit den Stricknadeln. Sie strickte mit grauer Wolle einen Schal. Er würde im Winter Tammos Hals wärmen und ihren Mann vor einer Erkältung schützen. Ella hatte etwa zwei Drittel des Schals fertig gestrickt.

Jetzt unterbrach sie ihre Handarbeit. Sie schaute auf und bemerkte, dass die oberen Kanten der Zeitung wackelten. Tammos Hände waren schon lange nicht mehr ruhig gewesen, und sie ahnte, dass seine Unruhe mit den Zahlen zusammenhing, die er jeden Tag stundenlang studierte.

Papier raschelte, als Tammo eine Seite umblätterte.

Ohne es sehen zu können, stellte sie sich vor, wie seine Blicke hinter der Zeitung über die endlosen Zahlenkolonnen huschten. Hin und wieder hatte sie selbst eine dieser großen Zeitungen zur Hand genommen und versucht, aus den Zahlen irgendetwas herauszulesen. Es gab da viele Spalten. Links standen Namen; einige nannten Firmen, von denen Ella schon einmal gehört hatte. Adidas, die mit den drei Streifen. Oder Porsche, die die teuren, schicken Autos bauten. Oder Volkswagen, die nicht ganz so schicken Autos. Die meisten dieser Namen sagten Ella allerdings gar nichts, merkwürdige Namen, die häufig auf »tec« oder »data« endeten.

Es ging dabei um Geld, das war Ella klar, auch wenn sie keine Ahnung hatte, um welche Summen.

Als Tammo angefangen hatte, sich für Aktien zu interessieren, hatte er häufig von Weltreisen gesprochen, die sie sich bald leisten könnten. Sie waren sogar mal gemeinsam mit der S-Bahn nach Warnemünde gefahren, wo sie am Kreuzfahrtterminal, dem Cruise Center, die langen Schiffe bewundert hatte. Tammos Augen hatten einen eigenartigen Schimmer bekommen. Als würden sie von innen heraus leuchten. Vor Freude – oder vor Gier.

Sie wusste, dass sich auf ihrem gemeinsamen Konto bei der Sparkasse Geld angesammelt hatte. »Unser Polster« – so nannte Tammo die eiserne Reserve, die sie in schlechten Zeiten auffangen sollte, wenn es einmal hart auf hart käme. Wenn sie Geld bräuchten.

Ella hatte sich nie um die Geldangelegenheiten gekümmert. Nein, das war nichts für sie. Das hatte sie alles Tammo überlassen, und sie hatte ihm vertraut. Schließlich schien er sich damit auszukennen.

Sie hatte sich in ihm getäuscht.

»Wie spät ist es?« Tammos Zeitung raschelte wieder.

Ella schaute zur Wanduhr. »Es ist gleich halb zehn, Schatz.«

»Danke.« Er versank wieder in den Zahlenkolonnen.

Vier, fünf Wochen war es her, als Ella seinen alten Schulfreund getroffen hatte, der sie gefragt hatte, ob Tammo das Geld endlich beschafft habe – das Geld, das er Tammo geliehen habe. 2000 Euro seien das gewesen, vor drei Monaten, natürlich zinsfrei. Sie seien ja alte und gute Freunde. Aber das mit der Freundschaft könne Tammo vergessen, wenn es so weitergehe mit ihm. Mehrfach habe er versprochen, das Geld zurückzuzahlen, und demnächst laufe eine weitere Frist ab. Der Freund meinte, dass er das Geld sehr dringend brauche. Sofort. Wenn er gewusst hätte, dass Tammo so – na ja: unzuverlässig – sei, hätte er niemals …

Ella konnte ihm auf die Fragen keine Antworten geben und versprach ihm, Tammo auf das Geld anzusprechen.

Doch das tat sie nicht. Stattdessen ging sie am nächsten Tag zur Sparkasse und nahm Einsicht in das Konto.

Warum macht Tammo Schulden, obwohl wir doch das Polster haben?, fragte sie sich. Dafür war die eiserne Reserve doch gedacht. Fast 10.000 Euro hatten sich im Laufe der Jahre angesammelt. Sie waren immer sparsam gewesen, hatten auf längere Urlaubsreisen oder teure Anschaffungen verzichtet. Fuhren seit zwölf Jahren einen klapprigen, blauen Polo, nahmen aber häufig, um Sprit zu sparen, die Straßenbahn oder fuhren mit dem Fahrrad, wenn es das Wetter und die Gesundheit erlaubten.

Als der Bankmitarbeiter ihr den Auszug gebracht und sie einen Blick darauf geworfen hatte, waren Ella die Knie eingeknickt. Der junge Angestellte konnte sie gerade noch am Arm festhalten und zu einem Stuhl geleiten, bevor er ihr ein Glas Wasser brachte.

Auf dem Auszug stand eine große Summe, aber vor der Zahl ein Minuszeichen. Ganz deutlich sah sie den Querstrich. Minus. Saldo.

Sie hatten 13.321,47 Euro Schulden.

Ella verlangte sofort nach einem Termin beim Filialleiter, schließlich waren sie seit vielen Jahren Kunden der Sparkasse. Sie musste noch eine halbe Stunde warten, dann bat man sie in sein Zimmer.

»Sie haben davon wirklich nichts mitbekommen, Frau Jaeger?«, fragte er unumwunden.

Ella schüttelte den gesenkten Kopf.

Es machte unangenehme Geräusche, als der Filialleiter mit dem Daumennagel gegen die Schneidezähne tippte. Dann sagte er: »Vor gut drei Jahren hat Ihr Mann damit angefangen, Geld von Ihrem gemeinsamen Konto abzuheben. Erst waren es kleinere Summen, dann immer größere. Als das Konto leer war, nahm er Kredite auf. Mal 500 Euro, mal 1000 Euro.«

»Warum haben Sie ihm so viel Geld gegeben?«

»Nun, Sie sind seit vielen Jahren unser Kunde. Gute Kunden. Ihr Mann sagte, er müsse seine Mutter pflegen. Sie liege im Sterben, und es sei bald eine Erbschaft zu erwarten. Damit wollte er die Kredite wieder begleichen.«

Ella blieb die Luft weg. »Seine Mutter?«, krächzte sie. »Und das haben Sie ihm geglaubt?«

»Warum hätte ich das nicht tun sollen? Bislang gab es keinen Anlass, Ihnen oder Ihrem Mann zu misstrauen. Außerdem ist Ihr Mann doch Polizist.«

Ella schloss die Augen, atmete tief ein und langsam wieder aus. »Seine Mutter ist vor sieben Jahren gestorben.«

Der Filialleiter nagte auf einer verhornten Stelle auf dem Knöchel seines linken Daumens herum.

»Wir haben uns auch irgendwann gedacht, dass da etwas faul sein könnte und ihm schließlich weitere Kredite versagt.«

Ella öffnete die Augen. »Wann war das gewesen?«

Dem Filialleiter klebte ein winziges Stück Hornhaut auf der Unterlippe, und als er wieder zu sprechen begann, fiel es auf die Schreibtischunterlage. »Vor drei Monaten etwa. Ende August«, sagte er.

»Warum haben Sie mich nicht benachrichtigt?«

»Dazu sahen wir keinen Anlass. Ihr Mann hat für das Konto alle Verfügungsvollmachten – so wie Sie.«

Ella fischte aus ihrer Manteltasche ein Taschentuch und schnäuzte hinein.

»Darf ich Ihnen eine persönliche Frage stellen, Frau Jaeger?«

Sie nickte.

»Spielt Ihr Mann? Ich meine: Spielt er um Geld?«

Sie ließ das feuchte Taschentuch auf ihren Oberschenkel sinken.

»Er hat höchstens einmal Karten gespielt, mit Freunden. Oder an diesen Automaten in den Gaststätten, wenn wir essen gegangen sind. Er füllt auch jede Woche einen Lottoschein aus. Aber deswegen ist er doch kein Spieler.«

Dann hatte sie an die vielen Zahlen und an die Namen gedacht, die mit »data« oder mit »tec« endeten.

Der Filialleiter erhob sich. »Ich habe jetzt einen Termin, Frau Jaeger. Wenn Sie mich entschuldigen würden. Aber ich möchte Sie bitten, mit Ihrem Mann zu reden. Er muss die Schulden begleichen. Denken Sie an die Zinsen.«

Ella Jaeger nickte heftig.

Seit dem Gespräch in der Bank hatte sie noch nicht mit ihrem Mann darüber gesprochen. Sie wartete auf den richtigen Zeitpunkt, auf eine günstige Gelegenheit. Aber die war noch nicht gekommen.

Auch heute Abend nicht.

Tammo ließ die Zeitung sinken und starrte an Ella vorbei auf die gegenüberliegende Wand. Dann faltete er die Zeitung zusammen, legte sie auf dem Wohnzimmertisch ab und erhob sich aus seinem Sessel.

»Ich geh noch mal los«, sagte er leise.

Seine Latschen schlurften über den dicken Teppich.

»Wann kommst du wieder?«, fragte sie ihm hinterher.

»Weiß ich noch nicht. Ich denke, ich werd' mal zu Paul rübergehen, und wenn wir einen dritten Mann finden, spielen wir eine Runde Skat. Warte nicht auf mich. Du weißt ja, wie unsere Skatabende so sind.«

Nein, das wusste Ella nicht. Sie war ja niemals dabei gewesen. »Ja, ich weiß«, sagte sie.

Dann hörte sie die Tür ins Schloss fallen.

20. Kapitel

Der Tag und der Abend des Mörders waren ohne ein weiteres Ereignis zu Ende gegangen.

Er hatte auf der Liege gehockt und auf das Handy gestarrt, das er am frühen Abend wieder eingeschaltet hatte. Er hatte sich über seinen verletzten Fuß geärgert, hatte in leere Schnapsflaschen gepisst und seine letzten Zigaretten geraucht. Jetzt hatte er damit begonnen, ausgedrückte Kippen aufzubröseln, um sich aus altem Tabak und Zeitungspapier neue Zigaretten zu drehen. Sie schmeckten wie vollgekotzte Wolldecken.

Was soll's, dachte er.

Dann hatte das Warten plötzlich ein Ende.

Es war 22 Uhr durch, als ihn ein Geräusch aufhorchen ließ. Das war nicht der Wind, der die kahlen Bäume peitschte, der am Dach und an den Wänden des Wohnwagens rüttelte. Nein, das war das Geräusch eines fahrenden Autos. Er drückte sich von der Liege hoch und sah durch einen Spalt zwischen den Vorhängen zwei runde Lichter, die sich dem Wohnwagen näherten. Autoscheinwerfer! Eine Autotür klappte zu.

Der Mörder riss die Machete aus der Tischplatte und versteckte sie unter der Decke neben ihm.

Treppenstufen knarrten. Dann klopfte es.

Er schwieg.

Die Tür zum Wohnwagen öffnete sich, jemand trat ein.

Eine Stimme fragte: »Ist hier wer? Hallo?« Es klang, als hätte der Sprecher ein Taschentuch im Mund.

»Komm rein«, antwortete der Mörder.

»Wo bist du? Ich kann nichts erkennen«, fragte die Stimme.

Der Mörder ließ das Feuerzeug klicken und zündete die Kerze an. Der Kerl war neben der Tür stehen geblieben.

»Hast du das Geld?«, fragte der Mörder.

»Es tut mir leid ... nein. Du musst noch ein paar Tage warten.«

»Warten? Verdammte Scheiße! Ich brauch' das Geld sofort. Beeil' dich, oder ich vergess' mich!«

»Ja, ich beeil' mich.«

»Ich hab' den Job erledigt. Und jetzt sitz ich hier rum, hab nichts mehr zu fressen, nichts mehr zu saufen. Was glaubst du eigentlich, wer du bist?« In seiner Wut vergaß der Mörder sein demoliertes Fußgelenk. Seine Hand fuhr unter die Decke, und seine Finger schlossen sich um den Griff der Machete. Dann sprang er auf.

Hätte er zwei gesunde Fußgelenke gehabt, wäre er im nächsten Augenblick bei dem Schweinehund an der Tür gewesen. So aber gab der vermutlich gebrochene Knöchel unter seinem Körpergewicht nach, und er schlug der Länge nach hin. Höllische Schmerzen loderten auf! Für den Bruchteil einer Sekunde verlor er das Bewusstsein, und als er wieder zur Besinnung kam, als seine Augen schummriges, flackerndes Kerzenlicht wahrnahmen, hatte sich die Situation grundlegend geändert.

Er lag auf dem Rücken und hatte die Machete verloren. Über ihm erschien das Gesicht des anderen, der den Mund öffnete. »Was … willst du damit?«, stammelte er und starrte auf die Machete in seiner rechten Hand. »Willst du mich töten?«

»Ich ...«, stieß der Mörder aus, wobei er die Zähne zusammenbeißen musste, weil der Schmerz aus dem Fußgelenk in seinem ganzen Körper widerhallte, »ich … hab' mich vergessen. Entschuldige, Alter, war nicht so gemeint.« Er musste die Kontrolle über die verfahrene Lage zurückbekommen. »Ich hab' mir mein' verfluchten Fuß gebrochen. Und ich wart' hier auf dich schon so lange. Scheiße Mann, Alter, was würdest du denn machen, wenn du ich wärst? Ich bin so was von im Arsch.«

»Du … wolltest mich töten!«

»Ach, vergiss es. Ich hab' mich doch entschuldigt. Hilf mir auf. Ich muss zu der Liege. Bitte!«

Der Mann schien zu überlegen. Dann reichte er dem Mörder die linke Hand.

Darauf hatte er gewartet. Er griff nach der ihm dargebotenen Hand, zog sich hoch und seinen Gegner hinunter. Er nutzte den Schwung, warf sich gegen den anderen und beide rollten eng umschlungen über den Boden wie zwei Nattern im Liebesrausch. Der Schweinehund hatte die Machete verloren! Sie war jetzt irgendwo zwischen ihnen. Sie prallten gegen eine Wand, gegen den Ofen, den Tisch. Die Kerze kippte um.

Dann plötzlich lagen sie still.

Die Machete, diese scharfe Klinge aus Kolumbien, steckte im Bauch des Mörders. Sie hatte sich in seine Eingeweide geschnitten und die Hauptschlagader verletzt.

Er starb langsam, während das Blut aus der Wunde quoll, sich auf dem Boden ausbreitete und zu einer Lache sammelte, zu einem dunklen See.

Vor seinen Augen tanzten nackte, kolumbianische Mädchen. Sie sprangen auf und ab. Auf und ab, auf und ab. Dann tanzten sie nicht mehr. Nie mehr.

21. Kapitel

Jan erwachte auf der Couch, weil in seinem Schädel irgendein fieser Kerl mit einem Vorschlaghammer randalierte. Diese Kopfschmerzen! Eine ganze Flasche Wein hatte er getrunken – auf nüchternen Magen. Seine Kehle fühlte sich an wie trockenes Löschpapier. Er zerrte sich das verschwitzte T-Shirt vom Oberkörper und schleuderte es in eine Ecke des Wohnzimmers. Dann ging er ins Bad und hielt seinen pulsierenden Schädel unter fließendes Wasser. Nach einigen Minuten ließ die Randale etwas nach.

Er ging in die Küche. Die Uhr stand auf kurz vor fünf. Noch eineinhalb Stunden bis der Wecker klingeln würde.

Im Schlafzimmer legte er sich nackt auf das kühle Bettlaken und schloss die Augen. Er musste schlafen! Schlorke wartete doch nur auf einen weiteren Ausrutscher, auf den er sich wie ein Aasgeier stürzen könnte, um Jan die Augen aus den Höhlen zu picken. Und nach der verpatzten Aktion im *Rabennest* käme ihm ein verkaterter Jan Adrian gerade recht.

Schlaf, du Idiot, befahl er sich. Schlaf jetzt!

Aber seine Gedanken fanden keine Ruhe. Sie wanderten zu Golombeks Wasserleiche. Sie trafen Igor, grinsend, Jan verhöhnend. Melanie tauchte auf. Er sah sie im Krankenhaus auf der Krebsstation liegen; die Mutter war auch da, sie lag im Krankenbett neben ihrer Tochter, das Fleisch faulte ihr von den Knochen. Melanies Bruder Marc erschien auf der Bildfläche, in seiner Küche sitzend, geprügelt und verletzt. Dann kamen die Gedanken bei Storuman an.

Der Lehrer stand in der Küche des alten, muffigen Hauses, in dem Jan seine Kindheit und einen Teil seiner Jugend hinter sich gebracht hatte. Aufrecht stand er da, stocksteif von den grauen Haaren bis in die kleinen Zehen, die rechte Hand leicht angehoben. Jan saß am Esstisch. Er hatte geweint, irgendetwas war geschehen. Storumans Rechte fuhr klatschend nieder. Jans Wange brannte lichterloh. Storuman schlug erneut zu.

Was war der Anlass für die Strafe gewesen? Jan konnte sich nicht mehr daran erinnern. Aber an die Schläge. Die Züchtigung, wie der Lehrer es genannt hatte.

Jan hatte Melanie gefragt, ob sie um ihren Vater trauern würde. Sie hatte Nein gesagt. Jetzt fragte Jan sich selbst, ob er um den Lehrer trauerte, von dem er zumindest eine Zeit lang angenommen hatte, er sei sein Vater. Nein, Trauer fühlte er nicht. Eher war es ein Gefühl, als ob irgendein entfernter Verwandter gestorben wäre. Ein sehr weit entfernter Verwandter.

Was hatte er damals Storuman gegenüber empfunden? Respekt? Möglich. Aber es war nicht der Respekt, den man bei jemandem empfindet, den man achtet. Er hatte vielmehr Angst gehabt vor dem strengen, kalten Mann, der ihn – trotz alledem – vor dem Waisenhaus bewahrt hatte. Später, nachdem Jan die Wahrheit kannte, schmolz der Respekt dahin und wechselte in offene Feindschaft.

Als Jan schließlich das Haus des Lehrers verlassen und in Hamburg das Kriminalistikstudium angetreten hatte, besserte sich das Verhältnis allmählich wieder. Aber die Kontakte blieben sporadisch, und Jans Sehnsucht, den Lehrer zu sehen, hielt sich in Grenzen.

Und so sehr ihm Storuman über die Jahre egal geworden war, so sehr hasste er seinen Erzeuger, den Mann, der seine Mutter allein gelassen hatte. Der zu feige gewesen war, sich um seinen Sohn zu kümmern.

* * *

Jan kam nur fünfzehn Minuten zu spät, aber Schlorke versuchte eine große Sache daraus zu machen.

»Ah«, stieß er unter dem albernen Schnurrbart aus, den manche hinter seinem Rücken treffend als »Pornobalken« bezeichneten.. »Ah, der Herr Adrian! Wir dachten schon, wir sehen dich gar nicht mehr wieder.«

»He«, unterbrach ihn Adamski. »Bleib' ruhig, Schlorke.«

Jan hatte sich verspätet, weil er den Wecker überhört hatte. Als er jetzt das Besprechungszimmer betrat, saßen die anderen längst über Notizen und Kaffee und beredeten die vergangenen Ereignisse. Anwesend waren Otfried Adamski, Rudi Schlorke, Tammo Jaeger, Fritz Grzymek und Hans Sanders, noch immer verschnupft, aber anscheinend halbwegs genesen. Wie Jan erfuhr, hatte Schlorke bereits von der Sache im *Rabennest* berichtet – und alles aus seiner ganz eigenen Sicht dargestellt.

Jan nahm Platz, während die anderen ihn betrachteten.

»Wir reden später, Adrian«, schnaufte Adamski und forderte Jaeger auf, zu berichten.

Jaeger rieb sich über die müden Augen. »Wir haben den Mann nicht angetroffen. Kurz bevor wir bei ihm ankamen, hatte er das Haus verlassen. Seine Frau meinte, er sei zur Vorstandssitzung seines Plattdeutschvereins gefahren.«

»Hefft ji dat präuwt?«, fragte Adamski.

Jaeger nickte. »Ja, das haben wir geprüft. Angeblich sollte der Verein in einer Baracke am Fischereihafen tagen. Aber da war alles dicht. Keine Versammlung, kein Plattdeutschverein. Wir haben den ganzen Hafen abgesucht.«

»Und nun?«

»Ich habe der Frau gesagt, dass sich ihr Mann umgehend bei uns melden soll, wenn er wieder auftaucht.«

»Fahr nachher lieber selbst noch einmal hin – wer weiß, was mit dem Mann los ist«, meinte Adamski und schob mit wichtiger Miene nach: »Wecker weit schon, woans de Minschen von binnen utseihen.« Der Alte hatte ein Faible fürs Plattdeutsche, das war allgemein bekannt. Er wandte sich an Jan. »Schlorke hat berichtet, was in dieser Kneipe vorgefallen ist. Wie siehst du die Sache?«

»Ich weiß ja nicht, was Kollege Schlorke erzählt hat«, sagte Jan. »Aber ich bin überzeugt, dass Igor Kerschakow nicht wusste, dass wir Polizisten sind.«

Jan erzählte vom Kampf in der Toilette und wie Igor und seine Leute Hals über Kopf geflüchtet waren, als sie die Polizeimarke entdeckt hatten. Je mehr er über die Ereignisse der vergangenen Nacht berichtete, desto größer wurde seine Wut auf Schlorke, der Jans Ausführungen mit einem selbstgefälligen Grinsen verfolgte. Es war Jan zuwider, jemanden im Beisein der Kollegen an den Pranger zu stellen. Aber seine Geduld mit dem aufgeblasenen Affen war am Ende, und dann platzte es aus ihm heraus: »Wo warst du denn, Schlorke, als mich die vier Kerle angegriffen haben? Hast du dir vor Angst in die Hosen gemacht?«

Schlorkes Grinsen wurde schmaler.

»Du bist ein erbärmlicher Feigling!«, rief Jan. »Du hast mich im Stich gelassen …«

»Ruhe!«, ging Adamski dazwischen. »Darüber reden wir später!«

Jan atmete tief ein und langsam wieder aus. Sein Blick war fest auf Schlorke gerichtet, dem das dämliche Grinsen vergangen zu sein schien.

»Kommen wir zu unserem Fall zurück«, sagte Adamski. »An dem, was Jan gesagt hat, könnte etwas dran sein. Vermutlich hat Igor euch zunächst für Konkurrenten aus dem

Milieu gehalten. Wie auch immer – noch gestern Nacht haben wir die Fahndung nach Igor Kerschakow rausgegeben. Nicht, dass der Mann sich aus dem Staub macht.«

Dann war Schlorke wieder an der Reihe. Offenbar waren Jans Vorwürfe von ihm abgeperlt wie Wasser von seinen gelackten Schuhen. Grinsend berichtete er vom weiteren Verlauf des gestrigen Abends. »Wir haben uns diese junge Frau, die in dem Laden bedient, vorgenommen. Das Mädel hat abgestritten, Igor oder einen seiner Leute zu kennen. Ich hab' der Tante natürlich kein Wort geglaubt. Nun, und dann hab' ich sie in den Streifenwagen verfrachtet, und was glaubt ihr – mit einem Mal zwitscherte sie wie ein Vöglein. Die hatte es mit der Angst bekommen. Unser Igor würde hin und wieder im *Paris* abhängen, zum Trinken und wegen der Mädchen.«

»*Paris*, das ist doch dieser Laden in der Altstadt«, sagte Jaeger. »Ein Nachtlokal, oder wenn man so will: ein Puff. Den gibt's da schon ziemlich lange.«

»Du kennst dich ja bestens aus«, sagte Schlorke.

Jaeger pustete ihm den Qualm seiner Zigarette ins Gesicht. »Das gehört zu meinem Job, junger Mann …«

»Gut, gut!«, rief Adamski und erhob sich. Er stemmte die Hände auf den Tisch und beugte sich vor. »Wir schauen uns diesen Puff mal an. Sanders soll sich inzwischen um einen Durchsuchungsbefehl kümmern. Den werden wir dann nachreichen – so lange können wir nicht warten. Dem Staatsanwalt muss klargemacht werden, dass Gefahr im Verzug ist. Männer, wir haben keine Zeit zu verlieren! Ich will Igor haben.«

Er schaute Jaeger an. »Du kommst auch mit – ich brauche dich bei der Aktion. Schick einen Streifenwagen zu dem plattdeutschen Briefeschreiber. Die Kollegen sollen ihn einsammeln und herbringen, wenn er inzwischen wieder aufgetaucht ist.«

»Und wenn nicht?«, fragte Jaeger.

»Dann sollen sie dort warten, bis sie etwas von mir hören.«

Es war ein Mittwoch, und der Regen hatte an diesem Vormittag eine Pause eingelegt.

22. Kapitel

Ein alter Vogel erhob sich von der Fahrbahn, als ein roter Golf in die Seitenstraße bog. Die Jahre hatten dem dunklen Vogel das Gefieder gefleddert, und er flog mühsam einige Meter in die Höhe, um sich ein ruhiges Plätzchen auf der Straße zu suchen. Doch er besann sich anders und steuerte zu einem Hausdach, auf dem er sich niederließ. Die Landung war nicht eben elegant, und aus seinem Flügel löste sich eine Feder. Der Wind ergriff sie und pustete sie hinunter in die schmale Seitenstraße.

Marc Golombek parkte seinen Wagen und stieg aus. Die dunkle Feder streifte seine Stirn, und er wischte ihr mit einer flüchtigen Handbewegung hinterher. Er schloss den VW-Golf ab und schlurfte von der Fahrbahn weg auf den Bürgersteig. Dabei zog er ein Bein nach und machte auch sonst keinen gesunden Eindruck. Auf dem Bürgersteig blieb er kurz stehen und drehte den Kopf in alle Richtungen, um sich zu vergewissern, dass ihm niemand gefolgt war.

Die beiden Männer sah er nicht. Sie hatten ihm vor seiner Wohnung aufgelauert und waren ihm hinterhergefahren. Jetzt hatten sie ihren dunkelblauen Kombi am oberen Ende der Straße abgestellt und beobachteten, wie Marc Golombek auf der gegenüberliegenden Seite in ihre Richtung humpelte. Er hatte eine gefüllte Plastiktüte dabei.

Als ihm eine Frau entgegenkam, zog er den Kopf zwischen die Schultern, als wollte er in sich selbst verschwinden. Er sah auffällig aus mit dem aufgedunsenen, roten Gesicht. Ein Auge schimmerte tiefblau. Marc steckte in einer fleckigen Bluejeans und einer Stoffjacke, bei der die Nähte platzten.

Auf der anderen Straßenseite duckten sich die beiden Männer im Kombi.

An zwei Dinge dachte Marc, während seine Augen die ungleichmäßige Pflasterung der Gehwegplatten abtasteten: an die Drogen und das Mädchen.

Vor vielen, endlosen Stunden hatte er sich den letzten Schuss in die Venen gejagt. Dabei hatte er sich mit dem Stoff zurückgehalten, weil er einen einigermaßen klaren Kopf brauchte für die Dinge, die er erledigt hatte, und für die Fahrt zu ihr – zu dem Mädchen. Aber jetzt wurde das Verlangen unerträglich. Seine Glieder bebten, und sein Herz raste.

Noch hundert Meter, dann bin ich bei ihnen, dachte er. Bei meinem Mädchen, bei meinem Stoff.

An der Einmündung zur Henrik-Ibsen-Straße bog er nach rechts ab.

Die beiden Männer stiegen aus dem Kombi und folgten ihm in einigem Abstand, um herauszufinden, wohin er gehen würde. Die Antwort sollten sie bald erhalten.

Nach weiteren fünfzig Metern blieb Marc vor einem vierstöckigen Haus stehen, das aussah wie die anderen Häuser in dem Stadtteil. Er stand vor einem Eingang, der aussah wie alle anderen Eingänge in den Häusern, die einmal modern gewesen waren, als man sie aus genormten Platten errichtet hatte.

Er ließ seinen Blick über die Rasenstreifen vor den Häusern schweifen und bemerkte vor einer Mülltonne eine ältere Frau. Sie hielt einen Eimer in der Hand, stemmte ihn hoch und versuchte, den Eimer in die Tonne zu leeren. Aber die Frau war zu schwach. Der Eimer entglitt ihrer Hand, und der Abfall ergoss sich über den Boden. Sie schien ratlos zu sein, dann schüttelte sie den Kopf und verschwand mit dem Eimer in einen Nachbareingang. Der Abfall blieb liegen.

Das war alles, was Marc sah. Die beiden Männer, die sich zwischen die an der Straße geparkten Autos geduckt hatten, bemerkte er nicht.

Er ging auf den Eingang zu. Sein Blick huschte über die Klingelschilder neben der Tür. Auf einem stand der Name, den er selbst mit einem Kugelschreiber darauf geschrieben hatte. Er nahm an, eine Klingel mit Namen sei unauffälliger als ein leeres Schild.

Er drückte die Tür auf und verschwand dahinter. Die eine Hand stützend am Geländer, humpelte er mit der Plastiktüte in der anderen Hand die Treppe hinauf. Im zweiten Stock gönnte er sich eine kurze Pause, schloss die Augen und atmete tief die nach Mittagessen riechende Treppenhausluft ein. Seine Lunge rasselte wie ein Kieslaster, und er verfluchte sich für die Drogenexzesse, die über die Jahre seinen Körper ausgezehrt hatten.

Er hörte unten die Eingangstür zufallen und setzte seinen Weg fort, die Treppe hinauf, bis er endlich den vierten und letzten Stock erreichte.

Hier gab es zwei Türen. Hinter der einen wohnte eine alte Frau. Er hatte sie bislang nur einmal gesehen, als er vor etwa drei Wochen eine Matratze in die Wohnung hochgetragen hatte. Sie war vielleicht sechzig oder siebzig Jahre alt. Ihr Gesicht war fahl und mit Warzen besprenkelt, das weiße Haar dünn und an einigen Stellen ausgefallen. Die Frau hatte den Kopf zur Tür herausgestreckt und einen Guten Tag gewünscht. Aus ihrer Wohnung quoll Musik: ein schriller Schlager, jemand besang seine Einsamkeit.

Danach hatte er die Frau nicht wiedergesehen. Auch nicht, als er später das Mädchen in die Wohnung gebracht hatte.

Er bewegte sich an der Tür vorbei, hinter der die Frau ihre greinenden Schlager hörte. Er ging schnell, weil er wie jedes Mal befürchtete, sie stehe hinter dem Türspion. Endlich erreichte er die Wohnung, die er für das Mädchen gemietet hatte, schloss sie auf und drückte sie schnell wieder hinter sich zu. Leise.

Hier in dieser Höhle fühlte er sich etwas sicherer – so sicher, wie man sich eben fühlen kann, wenn einem der Tod auf den Fersen ist.

Die Wohnung bestand aus einem kurzen Flur, an dessen Ende das Wohnzimmer abging. Gleich rechts von Marc war das enge Bad und dahinter die ebenso enge Küche. Eine winzige Einraumwohnung, aber bezahlbar.

Die Küchentür war einen kleinen Spaltbreit geöffnet, und etwas Licht fiel von dort in den Flur. Die Tapete war alt und vom Schimmel angefressen, die Auslegeware auf dem Boden mit dunklen Flecken übersät.

Durch die Wand drangen die Klagelieder der Warzenfrau.

Marc schlüpfte aus den Turnschuhen. Durch Löcher in der Sohle war Pfützenwasser eingesickert und hatte seine Socken durchtränkt. Er zog auch die Socken aus und watete mit quietschenden Füßen über das Linoleum, das den Küchenboden bedeckte.

Er stellte die Tüte auf den Boden und setzte sich daneben. Dann griff er in seine Jacke und zog Besteck, Kerze und einen kleinen Beutel mit dem Pulver heraus. Er spürte, wie er schwitzte und seine Finger vor Gier zitterten, während er den Schuss vorbereitete und ihn sich schließlich setzte. Das Heroin wirkte sofort. Er schloss die Augen, lehnte sich mit dem Rücken gegen die Wand, ließ sich treiben und Wärme durch seinen Körper fließen.

Nach einem Augenblick erhob er sich wieder. Er war jetzt ruhig und fühlte sich entspannt. Er ging über den Flur zu der Tür, hinter der er das Mädchen vermutete. Er öffnete die Tür. Die Vorhänge im Wohnzimmer waren zugezogen, aber durch den dünnen Stoff drang etwas Licht in den Raum.

Sie lag auf der Matratze, dem einzigen Möbelstück in diesem Raum. Sie hatte eine Decke über sich gezogen und schlief mit dem Gesicht zur Wand in einer Haltung wie ein Embryo: den Oberkörper stark gekrümmt, die Beine an den Bauch gezogen.

Neben ihr stand eine Tasse auf dem Boden. Er wusste, dass sie viel Tee trank. Schwarzen Tee mit reichlich Zucker. In der Plastiktüte hatte er ihr neuen Tee mitgebracht und andere Lebensmittel.

Marc streifte seine Jacke ab, bevor er sich dem schlafenden Mädchen näherte. Er kniete neben ihr nieder und betrachtete sie, ihre dunklen Haare, ihre Schultern, ihren Rücken.

Sie schläft wie ein Engel, dachte er.

Er legte eine Hand auf ihre Schulter und begann, sie sanft zu streicheln.

Ihre Atmung stockte. Sofort zog er die Hand zurück. Zu spät. Sie fuhr hoch, warf sich herum und setzte sich in einer panischen Bewegung auf. Die Augen aufgerissen und den Mund geöffnet war sie bereit, einen Schrei auszustoßen. Doch sie starrte ihn nur an.

»Jelena«, sagte er. »Jelena, ich ... bin es.«

Langsam wich der Schrecken aus ihrem Gesicht. Ihre Züge glätteten sich, und der Mund schloss sich wieder. Sie senkte den Blick, und sah dabei schüchtern aus, fast demütig.

»Marc«, flüsterte sie. »Komm.«

Er setzte sich neben sie und legte seinen Arm um ihre Schultern. Sie schmiegte ihren bettwarmen Körper an seinen und legte den Kopf in seine Halsmulde.

So blieben sie sitzen. Schweigend, während hinter der Wand die Schlager der Warzenfrau jammerten.

Die Geräusche, die die Schuhe der beiden Männer machten, als sie sich wieder von der Wohnungstür entfernten, hörten Marc und Jelena nicht.

23. Kapitel

Die mit Kopfsteinen gepflasterte Straße verlief auf einer Anhöhe durch die Altstadt. An einem Haus zeigte eine nicht eingeschaltete Leuchtreklame den Schriftzug *Paris*. Es war ein dreistöckiges Haus mit gelber Fassade, verspiegelten Fenstern und einer massiven, dunklen Tür. »Ich weiß nicht, ob das von uns wirklich klug ist«, sagte Jaeger. »Mittags ist im Puff doch bestimmt nichts los.«

»Was sollen wir sonst machen?«, brummte Adamski. »Die Zeit drängt.«

Sie saßen zu viert im zivilen Dienstwagen. Otfried Adamski und Rudi Schlorke vorne, dahinter Tammo Jaeger und Jan. Seit einer halben Stunde warteten sie nun schon in der Nähe des Bordells. In der Zeit war weder jemand hineingegangen noch herausgekommen. In einer Parallelstraße hielten sich zwei Streifenwagenbesatzungen bereit – falls etwas schieflaufen sollte.

Adamski trommelte mit seinen Fingern auf dem Lenkrad. »Oder hat einer von euch einen besseren Vorschlag?«

Keiner antwortete.

Adamski schaute auf die Uhr. Kurz nach zwölf. »Na, dann mal los«, sagte er und öffnete die Fahrertür.

Jaeger stieg ebenfalls aus.

So hatten sie es besprochen: Adamski und Jaeger würden ins *Paris* gehen wie normale Puffgäste, die in der Mittagspause Lust auf ein besonderes Dessert hatten. Sie würden die Lage sondieren und nach Igor Kerschakow Ausschau halten. Der Rest der Truppe wartete ab, und auf ein Signal hin – in diesem Fall ein gewöhnlicher Handyanruf – würden die anderen nachkommen. Schlorke oder Jan kamen für diesen Auftrag nicht infrage, da Kerschakow sie wiedererkannt hätte.

Adamski schritt voran. Bekleidet mit dickem Lodenmantel und schwarzem Hut. Er machte einen würdevollen, souveränen Eindruck. Hinter ihm stakste Jaeger her; er sah ein bisschen tapsig aus. Aber man durfte ihn nicht unterschätzen.

Die beiden erreichten die massive Tür. Sie war verschlossen. Adamski klopfte. Nichts geschah. Er entdeckte eine Klingel und drückte darauf. Sekunden später machte sich jemand an der Tür zu schaffen.

Einen halben Meter über Adamskis Hut erschien im geöffneten Spalt zwischen Tür und Rahmen ein hageres und bleiches Gesicht, mit einem hervorspringenden Kinn. Zwei hohle, dunkle Augen standen eng neben einer spitzen Nase. Der Mann hatte eine Glatze, war an die zwei Meter groß und dürr wie ein Laternenmast.

Er betrachtete die beiden älteren Herren von oben, wobei er einen Moment zu überlegen schien, bevor er die Tür weiter öffnete und mit dem Kopf hinter sich ins Dunkle des *Paris* deutete.

»Ihr seid früh dran«, sagte er.

»Mittagspause«, brummte Adamski.

»Mhm«, machte der hagere Riese verständnisvoll.

Adamski und Jaeger schoben sich an ihm vorbei, und die Tür fiel hinter ihnen ins Schloss. Vor ihnen war ein schlauchähnlicher Raum mit einer tiefen Decke, unter der einige Lampen den Raum in rötliches Licht tauchten. An den Wänden standen Holztische und Stühle, dazwischen Sofas. Der Raum mündete in eine lange Theke, neben der eine Treppe ins obere Stockwerk führte. An einem der hinteren Tische nahe der Theke saßen zwei junge Frauen, die eine mit roten Haaren, die andere war blond.

Igor war nicht anwesend. Aber das wäre auch zu viel Glück auf einmal gewesen.

Als Adamski und Jaeger den Raum betraten, schauten die Mädchen auf, steckten aber gleich die Köpfe wieder zusammen und tuschelten. Der Riese ging an Adamski und Jaeger vorbei hinter die Theke, wo er ein Tuch nahm und damit ganz ohne Eile an einem Glas herumwischte.

Adamski wählte einen Tisch in der Mitte des Raums aus und setzte sich mit Blick zum Riesen. Jaeger nahm neben seinem Chef Platz.

Als wäre das eine Aufforderung gewesen, erhoben sich die beiden Mädchen und steuerten mit federnden Schritten auf Adamski und Jaeger zu.

»Hallo«, flüsterte die Rote. »Ich bin Sylvia, und das hier ist meine Freundin, die Clara.«

Clara nickte und ihre knallroten Lippen formten einen Kussmund.

Adamski musterte die Mädchen. Sie trugen wenig Textil auf ihrer pfirsichfarbenen Haut – und das Wenige war hauchdünn und hellblau. Knappe BHs, Slips und Strapse. Sie setzten sich den Polizisten gegenüber an den Tisch.

»Hallo«, sagte die blonde Clara. »Möchtet ihr ein Glas Champagner mit uns trinken?«

»Hm«, machte Adamski, und bevor er seine Antwort konkretisieren konnte, erschien der Riese neben ihrem Tisch.

»Champagner?«, fragte er, und seine zusammengerückten Augen glitten von Adamski zu Jaeger und zurück.

»Nein – keinen Champagner«, gab Adamski zurück. »Setz dich zu uns!«

»Hä?«, machte der Riese.

»Ich sagte: Setz dich!«

»Was soll das? Seid ihr nicht ganz dicht? Wollt ihr Ärger machen? Muranko? Gehört ihr zu Murankos Leuten?«

»Vergiss Muranko, oder wie der Kerl heißt«, brummte Adamski. »Nimm dir einen Stuhl und setz dich auf deinen Hintern!« Während er das zu dem Riesen hinaufschnaubte, fischte er aus seinem Mantel die Polizeimarke heraus und warf sie auf den Tisch.

»Bullen.« Der Riese pfiff das Wort zwischen zusammengekniffenen Lippen hindurch. Er packte einen Stuhl bei der Lehne, zog ihn heran und setzte sich. »Gibt's Probleme?«, fragte er. »Wir sind sauber – keine Illegalen, keine Drogen, alles angemeldet.«

»Glückwunsch«, brummte Adamski. »Aber wir finden immer etwas, wenn wir wollen, Goliath. So lautet doch dein Name, nicht wahr?«

»Ja. Goliath, meinetwegen. Klingt nicht schlecht.« Der Riese versuchte sich an einem breiten Grinsen, das ihm jedoch zu einer unbeholfenen Grimasse entglitt.

»Also, Goliath! Wir suchen einen Kerl – Igor, heißt der, Igor Kerschakow. Den kennst du doch bestimmt, oder?«

Der Riese lehnte sich in seinem Stuhl zurück.

»Igor?«, wiederholte er. »Igor Kerschakow?« Dann schnellte er vor und stützte die Arme auf den Tisch. »Der Russe«, stieß er aus. »Der war mal hier, ist aber schon länger her. Mit dem wollen wir nichts zu schaffen haben.«

Adamski legte Goliath eine Hand auf den Unterarm und sagte mit leiser, eindringlicher Stimme, so wie ein Vater mit seinem Sohn sprechen würde: »Mein Freund, wir müssen Igor Kerschakow finden. Das ist wichtig für uns, sehr wichtig. Wo ist er?«

Der Riese schüttelte Adamskis Hand ab und richtete seine zwei Meter wieder auf. »Ich habe euch gesagt, was ich weiß.

Mehr ist nicht. Tut mir leid. Die Herren können jetzt wieder gehen.« Dann entfernte er sich mit ausladenden Schritten hinter die Theke, wo er sich wieder an den Gläsern zu schaffen machte.

Die Mädchen hatten bis zu diesem Zeitpunkt geschwiegen und die Unterredung mit heruntergeklappten Unterkiefern verfolgt.

Die Blonde fasste sich als Erste und fragte leise: »Dürfen wir auch wieder gehen?«

»Kennt ihr diesen Igor?«, entgegnete Adamski.

Sie schüttelten ein wenig zu heftig ihre blonden und roten Haare.

»Ihr bleibt hier«, sagte Adamski. »Jaeger, pass auf die Damen auf.«

Dann holte er sein Handy hervor, sprach einige Worte hinein und erhob sich, um zur Eingangstür zu gehen. Er öffnete sie, und kurz darauf betraten Jan, Schlorke und zwei Wagenladungen uniformierter Beamte das *Paris*. Auch Sanders war dabei, der rekordverdächtig schnell den Durchsuchungsbefehl vom Staatsanwalt beschafft hatte. Adamski gab Kommandos, und die Polizisten schwärmten aus, drängten an der Theke vorbei die Treppe hinauf.

Goliath hielt Glas und Tuch fest in den Händen und starrte ihnen hinterher.

Fünf Minuten später hatte sich die Szenerie im *Paris* überraschend belebt. Die Polizisten hatten immer mehr Frauen – meist sehr junge, aber auch die eine oder andere etwas angejahrte – vor sich her die Treppe hinuntergetrieben. Bald saßen zehn von ihnen auf Stühlen und Sofas, einige im Morgenmantel, ungeschminkt und übel gelaunt, einige mit einem Hauch von Textil am Körper, kaum weniger übel gelaunt. Drei Männer waren dazwischen. Die beiden Freier schauten ängstlich drein, sie waren mit Unterhosen bekleidet. Ein dritter Mann stand beim Riesen und redete auf ihn ein. Energisch, mit fliegenden Händen und Armen.

Adamski pfiff in den Raum und winkte den Mann zu sich heran. Der ließ vom Riesen ab und folgte Adamskis Aufforderung.

»Was soll das?«, fragte der Mann. »Ihr versaut meinen Ruf. Habt ihr überhaupt einen Durchsuchungsbefehl?«

»Nimm Platz«, sagte Adamski und zeigte zu einem freien Tisch. Der Mann setzte sich dahinter. Otfried Adamski, Jan Adrian, Rudi Schlorke und Tammo Jaeger ebenfalls. Adamski hielt dem Mann den Durchsuchungsbefehl unter die Nase.

»Wir sind sauber«, sagte er, nachdem er das Dokument eingehend studiert hatte.

»Haben wir schon gehört«, entgegnete Adamski. »Aber du kennst doch sicher Igor Kerschakow.«

»Ach«, machte der Mann. »Daher weht der Wind. Ja, der Kerl war mal hier. Mit dem will ich nichts zu tun haben, illegaler Dreck ist das.«

»Was wollte Igor bei euch?«

»Na was wohl – Frauen. Hat auch bezahlt. Wir wussten doch nicht, was das für einer ist. Brutal ist der, hat eine von unseren Frauen verprügelt, einfach so zum Spaß. Wir haben ihn rausgeschmissen. Dann kam er mit seinen Leuten wieder, und die haben mir den halben Laden zerlegt. Seitdem hab' ich von ihm nichts mehr gehört.«

»Hast du eine Ahnung, was Igor für Geschäfte macht?«

»Ich habe erst später davon gehört, dass er auch was am Laufen hat. Junge Dinger sind das. Importe aus dem Osten.«

»Und du weißt nicht, wo wir Igor finden können?«

Der Mann zuckte mit den Schultern. »Wenn ich's wüsste, würde ich's euch sagen – das kannste mir aber so was von glauben. Ab und zu soll er in ′ner Kneipe im Stadthafen abhängen, dem *Rabennest*.«

»Mhm, davon habe ich gehört«, brummte Adamski.

Der Mann machte Anstalten, sich zu erheben, da er offenbar annahm, Adamski seien die Fragen ausgegangen, als Jan vom anderen Ende des Tisches fragte: »Wie heißt du?«

»Rocket – so nennt man mich. Reicht das?«

»Klar«, sagte Jan. »Rocket, setz′ dich wieder, bitte.«

Rocket ließ sich erneut auf den Stuhl sinken.

Jan beugte sich über den Tisch vor, um sein Gesicht so nahe wie möglich an das von Rocket zu bringen. »Sagt dir der Name Augustin Golombek etwas?«

»Golombek?« Rocket dehnte die Augenbrauen. »Klar sagt der mir was. Auch so ein Arschloch.«

»War der hier – bei euch im *Paris*?«

Rocket schnaubte. »Ja, regelmäßig. Was wollt ihr von dem?«

»Rocket«, zischte Jan über die Tischplatte hinweg. »Wir stellen die Fragen, und du antwortest. Danke!«

»Mhm«, knurrte Rocket.

»Wann hat Augustin Golombek das letzte Mal euren Laden besucht?«

»Irgendwann im Sommer. Er kam ′ne ganze Zeit regelmäßig. Gab dann aber Ärger.«

»Ärger?«

»Der Penner hat unsere Mädels zu hart rangenommen, so wie Kerschakow. Erst war Golombek noch ganz normal. Kam ein- oder zweimal die Woche her und hat seine Sachen gemacht mit den Mädels, nichts Besonderes. Dann wurde es aber immer schlimmer, weil er den Hals nicht vollgekriegt hat. Der Clara hat er den Arm gebrochen bei seinen perversen Spielchen. Wir haben ihm ein paar auf die Fresse gegeben, und danach wollte der Knabe seine Schulden nicht mehr bezahlen.«

»Schulden?«

»Es ist immer noch 'ne Menge offen. Am Anfang, weißt, am Anfang als er herkam, das war vor eineinhalb Jahren, da hat er immer die Taschen voller Kohle gehabt. Guter Kunde. Kam, hatte seinen Spaß, löhnte und gut war's. Irgendwann hat er dann angefangen, anzuschreiben. Denkst dir ja nichts bei. Haben ihm natürlich Kredit gegeben.«

»Bis dann die Geschichte mit der Clara passierte?«

»Mhm.«

»Und dann? Ich meine, hast du Golombek danach noch mal gesehen? Immerhin schuldet er dir viel Geld.«

»Ach, scheiße. Der hatte immer so viel bezahlt vorher. Wir dachten, der schwimmt in Kohle. Also haben wir gesagt, damit soll's dann gut sein. Aber – du wirst es kaum glauben – der Kerl war so dreist, ey, der kam doch glatt wirklich noch mal.«

»Ach? Wann denn?«

»Vor 'nem Monat vielleicht. Ja, länger ist das nicht her. Der war total besoffen, weißt. Kam hier angekrochen und hat gebettelt, dass wir ihm 'n Mädchen geben – nur einmal noch.«

»Und was habt ihr gemacht?«

»Na was wohl – Tango hat ihn rausgeworfen!«

»Tango?«, fragte Jan.

»Der Penner da hinter der Theke, der euch die Tür aufgemacht hat.«

»Netter Junge«, sagte Adamski.

Rocket schaute ihn irritiert an.

Ein Polizist trat an den Tisch und sagte: »Wir haben alle Personalien eingesammelt.«

»Gut«, sagte Adamski. »Wir sind hier auch fertig.«

»Darf ich auch was fragen?«, murmelte Rocket.

»Vielleicht«, entgegnete Adamski.

»Warum interessiert ihr euch für diesen Golombek?«

Adamski erhob sich. »Rocket«, sagte er. »Halt deinen Laden sauber – sonst sind wir schneller wieder hier, als dir lieb ist.«

Dann verließen sie das *Paris*.

Auf dem Weg zum Auto passte Adamski Jan ab, legte ihm eine Hand auf die Schulter und sagte: »Gut gemacht.«

24. Kapitel

Kollege Musiol kam ihnen auf dem Gang des Kommissariats entgegen und wedelte mit seiner Polizeimütze. »Ihr habt Besuch«, rief er.

Adamski legte die Stirn in Falten. »Besuch?« Dann fiel ihm ein, wer damit gemeint war, und fragte: »Wo ist er?«

Musiol deutete in den Gang hinter sich. »In eurem Vernehmungszimmer.«

Adamski bedankte sich und winkte Jan und Tammo Jaeger heran. »Ihr kommt mit.«

Sie gingen zum Vernehmungszimmer, in dem zwei uniformierte Beamte einen Mann bewachten. Er kauerte auf dem Stuhl, auf dem auch der Zuhälter Spike gesessen hatte. Der Mann hier war das Gegenteil des jungenhaften, vor Selbstbewusstsein strotzenden Spike. Die Schultern und Arme des vielleicht sechzig Jahre alten Mannes hingen schlaff herab, sein Oberkörper war nach vorn gebeugt, das Haar auf dem eingesunkenen Kopf war schütter, das Gesicht blass und mager.

»Herr Pruß?«, fragte Adamski und ließ den Bass seiner Stimme durch den Raum rollen. »Hilmar Pruß?«

Der Mann hob den Blick und nickte schwerfällig.

Adamski griff nach einem Stuhl, rückte ihn vor Hilmar Pruß zurecht und nahm Platz. Jan und Tammo Jaeger blieben neben der Tür stehen. Die uniformierten Kollegen verließen den Raum.

»Haben Sie eine Ahnung, warum Sie hier sind?«, begann Adamski.

Pruß bewegte seinen Kopf mechanisch vor und zurück, machte jedoch keinerlei Anstalten, den Mund zu öffnen.

»Und?« Adamski rückte mit dem Stuhl ein Stückchen näher an Pruß heran.

»Ich denke ... es ist wegen dem Brief«, sagte er schließlich. »Meine Frau hat mir erzählt, dass Sie mich gestern Abend gesucht haben. Wegen Augustin Golombek.«

»Mhm. Sie haben Herrn Golombek einen Brief geschrieben, in dem Sie ihm drohen, es werde ein Unglück geschehen, wenn er Ihnen das Geld nicht zurückzahlt.«

Pruß zupfte sich am Ohrläppchen. »Na ja. Das war dumm von mir. Ich hatte nicht vor, ihm etwas anzutun. Wirklich nicht.«

»Sie haben ›Unglück‹ sogar in Versalien geschrieben.«

»Versalien?«

»In großen Buchstaben.«

»Ach so. Ja, ich habe gehofft, dass Herr Golombek vielleicht Angst bekommt.«

»Ihr Brief scheint ihn nicht beeindruckt zu haben. Wann haben Sie Augustin Golombek das letzte Mal gesehen?«

»Vor ungefähr zwei Monaten, glaube ich. Ja, Ende September muss das gewesen sein. Einige Tage nachdem ich ihm diesen Brief geschrieben hatte. Ich bin in sein Büro gegangen, habe ihn auf den Brief angesprochen. Aber der Mann hat mich ausgelacht – und behauptet: Ich sei selbst schuld an allem. Ich hätte ja nicht so gierig sein müssen. Ach, Herr Kommissar, ich habe alles verloren durch Augustin Golombek. Er ist Aktienhändler – aber das wissen Sie vermutlich. Erst waren die ganzen Ersparnisse weg. Dann habe ich sogar Schulden gemacht.«

Jan bemerkte, wie Tammo Jaeger, der neben ihm an der Wand lehnte, zunächst seine Hände aneinanderrieb und sich dann Schweißperlen von der Stirn wischte.

»Warum haben Sie nicht rechtzeitig damit aufgehört, ihm weiteres Geld anzuvertrauen? Er wird Sie wohl kaum dazu gezwungen haben.«

»Am Anfang lief ja auch alles so, wie es sollte. Golombek hat mir regelmäßig Briefe geschickt und mitgeteilt, ich hätte Geld gewonnen. Nicht viel, aber einige hundert Euro waren es. Plötzlich tauchten auf den Depotauszügen immer neue Aktien auf. Golombek meinte, er habe Tipps bekommen. Und dann eines Tages, es muss im Frühjahr gewesen sein, schrieb er mir, es habe einen Zusammenbruch an der Börse gegeben, einen Crash, wie er es nannte – und die ganzen Aktien, die er in Asien und sonst wo gehandelt habe, seien wertlos geworden.« Er holte tief Luft. »Meine Frau könnte es nicht ertragen, wenn sie erfährt, dass ich unser ganzes Geld ausgegeben habe. Sie würde mich verstoßen – und wahrscheinlich zurecht. Sie darf von dieser Geschichte nichts mitbekommen. Nein, das darf sie nicht. Niemals.«

Jaeger trat von einem Fuß auf den anderen. Als er Jans verwunderten Blick bemerkte, flüsterte er: »Ich muss mal aufs Klo.« Aber er verließ den Raum nicht.

Adamski hustete in die Faust. »Was haben Sie also getan, Herr Pruß?«

»Kredite aufgenommen, bei meiner Bank. Ich habe gehofft, dass Golombek dieses Mal die richtigen Aktien kaufen würde – ich wollte nur so lange weitermachen, bis ich meinen Einsatz wieder rausgehabt hätte. Und Golombek hat mir ja auch immer wieder Mut gemacht: Diese paar Zinsen für die Kredite, die würden die Gewinne bald wieder wettmachen.« Pruß' Kopf sackte tiefer zwischen seine schlappen Schultern. »Aber wissen Sie was?«, sagte er. »Golombek hat wahrscheinlich für das ganze Geld überhaupt keine Aktien gekauft. Ich glaube, der hat sich alles in die eigene Tasche gesteckt und mir einfach irgendwelchen Schwachsinn geschickt.«

»Wie kommen Sie denn auf die Idee?«

»Irgendwann begann ich, die ganzen Werte aus meinem Depot mit den Kursen zu vergleichen, die in den Zeitungen veröffentlicht werden. Ich hatte ja am Anfang nicht viel Ahnung davon. Und tatsächlich: Die meisten Kurse wichen voneinander ab. Da gab es zum Beispiel eine Firma, *Biologdata*, von denen hatte er angeblich einmal für 200 Euro einige Aktien für mich gekauft. In den Auszügen, die er mir schickte, kletterte der Kurs angeblich auf über 300 Euro – in Wirklichkeit waren die Papiere zu dem Zeitpunkt nur noch ein paar Cent wert.«

»Warum haben Sie das nicht früher überprüft? Das ist doch ein ganz simpler Trick!«

»Ich hatte dem Mann doch vertraut. Außerdem hat Golombek darauf bestanden, dass ich ihm nicht reinrede. Er meinte, er könne dann nicht mehr – wie sagte er noch gleich? – ach ja: intuitiv handeln. So nannte er das. Intuitiv handeln!«

Adamski drehte sich zu Jaeger um. »Kommt dir das bekannt vor? Hat Augustin Golombek von dir auch verlangt, dass du ihm freie Hand lässt?«

»Was?« Jaeger fuhr zusammen, als hätte sich eine Wespe auf seiner Nase niedergelassen. »Tut mir leid, ich war eben mit meinen Gedanken woanders.«

Adamski wandte sich wieder Pruß zu. »Tautrugen is gaut, präuwen is bäder«, sagte er.

Ein schwaches Lächeln zuckte über Pruß' Gesicht. »Ja, Sie haben recht, Kontrolle ist besser. Aber ich hatte auch kaum Zeit, mich um die Aktien zu kümmern. Ich verbringe viel Zeit mit der Arbeit im Vorstand des Plattdeutschvereins.«

»Aha«, meinte Adamski. »Und was machen Sie da so die ganze Zeit – in diesem Vorstand?«

»Ich bin für die Kasse zuständig, schreibe die Mitgliederzeitung und organisiere Versammlungen. Solche Dinge halt.«

»So wie gestern Abend?«

»Wie meinen Sie das?«

»Sie waren doch gestern Abend im Fischereihafen auf einer Versammlung Ihres Vereins. Das haben sie zumindest Ihrer Frau erzählt.«

Pruß blickte Adamski aus rot geränderten Augen an. Die letzte Farbe war aus seinem Gesicht gewichen.

Adamski versuchte ein Lächeln.

»Gestern war ich nicht beim Verein«, sagte Pruß. »Und vorgestern auch nicht. Und letzte Woche und die davor auch nicht. Ich bin in diesen Nächten im Technologiezentrum in Warnemünde. Als Nachtwächter. Es ist ein Job. Ich verdiene Geld, um die Schulden loszuwerden. Ich weiß, es ist hoffnungslos. Das Geld reicht gerade, um die Kreditzinsen zu bezahlen.«

»Die Sache wächst Ihnen über den Kopf«, brummte Adamski.

Pruß' Adamsapfel zuckte. »Dieser Golombek – es ist alles seine Schuld!«

Adamski brachte sein Gesicht noch näher an Pruß heran. Es hätte kaum noch eine Zigarettenschachtel zwischen seine Nase und Pruß' Stirn gepasst. »Sind Sie sich ganz sicher, dass Sie Golombek das letzte Mal im September gesehen haben?«

Pruß nickte. Dann fragte er: »Was ist denn mit ihm? Hat er mich angezeigt, wegen diesem Brief? Es tut mir wirklich leid. Das können Sie ihm sagen – ich will mit ihm nichts mehr zu tun haben.«

»Nein – das kann ich Herrn Golombek nicht mehr sagen. Er ist nämlich tot. Er ist ermordet worden.«

Pruß' Kinnlade klappte hinunter. »Tot? Ach – und Sie denken, dass ich ... wegen dem Brief. Oh, mein Gott. Das habe ich nicht getan! Bitte glauben Sie mir das.«

Adamski erhob sich und betrachtete den bebenden Hilmar Pruß aus der Vogelperspektive. »Mein Kollege wird Sie jetzt in eine andere Abteilung bringen. Dort wird man Ihnen die Fingerabdrücke abnehmen. Anschließend können Sie wieder zu Ihrer Frau fahren.«

Hilmar Pruß atmete vernehmbar aus. »Entschuldigung«, murmelte er heiser.

»Eins noch«, sagte Adamski. »Bitte verlassen Sie in der nächsten Zeit nicht die Stadt. Wir müssen noch einiges überprüfen, und wir werden uns wieder mit Ihnen in Verbindung setzen. Auf Wiedersehen.«

25. Kapitel

Der Rest des Tages brachte den Polizisten keine neuen Erkenntnisse. Die Fahndung nach Igor Kerschakow lief in der Stadt und im Umland, und Adamski und seine Leute warteten auf Nachrichten.

Aber es kamen keine.

Wo war Igor? War er längst über alle Berge? Geflüchtet in den Osten?

Gegen Nachmittag waren Jaeger, Schlorke und Grzymek aufgebrochen, um Augustin Golombeks Wohnung noch einmal auf den Kopf zu stellen.

Spurensuche – die Zeit drängte.

Auch Jan machte sich auf den Weg. Er lenkte den Volvo über die Straßen, geriet in den Feierabendverkehr und kam nur langsam voran. Sein Ziel war das Haus, in dem Marc Golombek lebte. War der Überfall, nur wenige Tage nachdem Marcs Vater ermordet worden war, ein Zufall gewesen? Jan glaubte nicht an Zufälle.

Nach einer halben Stunde stoppte er endlich vor dem Haus. Unmittelbar davor entdeckte er eine Parklücke. Als er den Hausflur betrat, bemerkte er wieder den weißen Taubendreck auf dem Boden. Er stieg darüber hinweg und die Treppen hinauf zur Wohnungstür.

Er legte das Ohr dagegen und lauschte. Hinter der Tür waren keine Geräusche zu hören. Da es keine Klingel gab, klopfte er schließlich an. Nichts geschah. Er klopfte erneut. Wieder keine Reaktion. Dann drückte er gegen die Tür, und sie schwang ächzend auf.

In der Wohnung tastete Jan nach einem Lichtschalter

und fand einen. Eine nackte Glühbirne, die an einem Kabel von der Decke herabbaumelte, sprang an.

»Hallo?«, rief er, während er hinter sich die Tür schloss. »Hallo – Marc?«

Er erhielt keine Antwort und schaute in die Küche und ins Wohnzimmer. In den Räumen herrschte noch immer das gleiche Chaos. Er betrat das Schlafzimmer und schaltete das Licht ein. Da war das Bett, darauf ein zerwühltes Laken. Sonst nichts. In der Wohnung war wirklich niemand.

Er verließ das Schlafzimmer und setzte sich in der Küche auf die Couch, in der er tief einsank. Alte Federn quietschten. Er ließ den Blick über die zerstörte Einrichtung schweifen.

Schließlich zog er sein Handy hervor. Aus dem Speicher wählte er Melanie Golombeks Nummer und wartete darauf, dass sie sich melden würde. Es läutete acht- oder neunmal, dann hörte er ihre Stimme, im Hintergrund waren gedämpfte Musik und andere Stimmen zu hören.

»Ja?«

»Hier ist Jan Adrian von der Kriminalpolizei. Haben Sie eine Idee, wo Ihr Bruder sein könnte?«

Auf der anderen Seite entstand eine kurze Pause.

»Ich denke, in seiner Wohnung«, sagte sie schließlich.

»Da bin ich gerade. Hier ist niemand.«

»Sie sind in seiner Wohnung? Was machen Sie denn da?

»Die Tür war nicht abgeschlossen.«

»Hm, ich weiß wirklich nicht, wo er ist. Ich … ich mache mir Sorgen.«

»Können wir reden? Ich meine – nicht am Telefon.«

»Warten Sie«, sagte Melanie. Dann entfernte sich die Musik, und die Stimmen wurden leiser, eine Tür klappte zu. Nach einigen Sekunden sprach sie wieder: »Ich bin unterwegs, mit Freunden. Wir könnten uns gegen neun in meiner Wohnung treffen?«

Jan schaute auf die Uhr. Es war jetzt halb sechs.

26. Kapitel

Nur langsam tauchte Marcs Bewusstsein aus der Tiefe des Schlafes auf. Wo war er? Die Matratze, der dämmerlichtige Raum, die Musik, die aus der Wand drang. Hier war er. Bei ihr. Er tastete neben sich, spürte ihren Körper. Jelenas Körper, jung, warm und weich. Sie war noch da, und alles war gut. Fast alles.

Marc zog vorsichtig die Decke zur Seite und stieg darunter hervor. Dann verließ er das Zimmer, in dem Jelena schlief, und betrat die Küche. Er schloss die Tür hinter sich und hockte sich auf den Boden. Er dachte, dass es mittlerweile früher Abend sein müsste.

Der Beutel mit der Droge und das Besteck befanden sich in seiner Jacke. Er zog die Sachen heraus, um einen weiteren Schuss vorzubereiten. Am Arm suchte er eine noch nicht zerstochene Stelle in der Vene und stach die Spritze hinein. Dann hob er ab. Wie ein Vogel, leicht und frei. Er flog einen Steilflug – geradewegs in die Wolken, durch sie hindurch und erreichte irgendwann den Zenit. Dann ging es wieder abwärts. Die Landung auf dem kalten Küchenboden war weich, abgefedert von dem wattigen Gefühl, in das die Droge seinen Körper eingewickelt hatte.

»Marc?«, fragte jemand aus weiter Ferne.

Er öffnete die Augen und drehte den Kopf zur Tür. Da stand Jelena. Sie lehnte im Türrahmen und blickte ihn an aus Augen, die wie schwarze, von Wellen umspülte Steine schimmerten.

Sie schauten sich an.

Dann zeigte Jelena auf die Spritze und fragte noch einmal: »Marc?«

»Ja, ich weiß«, erwiderte er leise.

Er stopfte den Beutel und die anderen Gegenstände wieder in seine Jacke, stand auf und blieb dicht vor ihr stehen. Jelena drückte sich vom Türrahmen weg. Sie berührte seinen Arm und geleitete ihn in das Zimmer, in dem die Matratze unter der zerwühlten Decke lag.

Sie setzten sich. Jelena legte ihren Kopf gegen seine Schulter.

»Du krank«, flüsterte sie.

»Ja«, sagte Marc und nickte.

»Armer Marc.«

Er spürte, wie sich ihre Hand unter sein T-Shirt schob und wie ihre feinen Fingerspitzen seinen Rücken streichelten. Sanfte, kreisende Bewegungen, unter denen seine Haut glühte. Dann legte sie ihre andere Hand gegen seine Brust und drückte ihn auf die Matratze. Er wehrte sich nicht dagegen. Er schloss die Augen, als sie an seinem Gürtel spielte, ihn öffnete und ihre Finger in seine Hose krabbelten.

Da zuckte er plötzlich zusammen, fuhr auf und stammelte ihren Namen. Sie schreckte zurück.

»Willst du mich nicht?«, fragte sie.

»Ich ... mag ... liebe dich, Jelena. Aber ich kann das nicht.«

»Nicht mit mir schlafen? Was schlecht daran?«

»Nichts. Nein – ich weiß nicht. Ich kann ... nicht. Vielleicht. Ist schon so lange her!«

»Oh«, machte Jelena und schien ratlos zu sein.

Du bist ein elender Versager, schrie es unter Marcs Schädeldecke.

Warum hatte er eine solche Angst davor? Es war doch nicht das erste Mal. Vor fünfzehn Jahren war es das erste Mal gewesen. Damals war er achtzehn und hatte eine Freundin gehabt. Er liebte sie, und sie hatten es getan. Doch dann lernte sie einen anderen Jungen kennen und tat es mit ihm.

»Lange her«, wiederholte Jelena. »Nicht schlimm – wenn nicht geht, wir warten. Du mich gerettet vor schlechten Männern. Du guter Mann!«

Sie beugte sich über seinen Bauch, zog das T-Shirt hinauf bis über seine Brust und begann, seine Haut zu küssen.

Marc stöhnte leise. Er atmete zunächst hastig, bald aber gleichmäßiger.

Einige Minuten später schliefen sie miteinander. Jelena bewegte sich wie eine Katze. Er lag auf dem Rücken – und genoss jede Sekunde.

Marc verspürte ein Glück, wie er es noch nie erlebt hatte. Wie es ihm auch die Droge niemals hatte schenken können.

Später, als sie nebeneinanderlagen, roch er an ihrem dicken, schwarzen Haar und ließ es durch seine Finger gleiten. Und er schwor ihr bei seinem Leben, sie zu beschützen gegen alles Böse auf dieser verfluchten Welt.

* * *

Es war längst Nacht geworden, als Marc ein Geräusch vernahm. Das war keine Musik! Das waren nicht die Schlager der Warzenfrau, die ihn aus dem Schlaf gerissen hatten.

Das waren Schläge. Jemand hämmerte gegen die Tür. Jemand warf sich gegen die Tür. Holz splitterte. Die Tür gab nach, und dann waren sie da.

27. Kapitel

»Hat Marc sich gemeldet?«

Melanie schüttelte den Kopf und ließ Jan herein.

Er ging gleich durch zum Wohnzimmer und setzte sich auf die Couch unter den Albatros.

Melanie ließ sich im Sessel ihm gegenüber nieder. Sie trug eine enge, schwarze Jeans und ein graues Sweatshirt.

»Ich habe versucht, Marc zu erreichen. Aber sein Handy ist ausgeschaltet«, sagte sie.

»Handy?« Es fiel Jan schwer zu glauben, dass dieser kaputte Typ ein Handy besaß.

»Ja – und?«, erwiderte Melanie.

»Geben Sie mir seine Nummer, bitte.«

Sie griff unter den Tisch, holte Stift und einen Zettel hervor und schrieb die Nummer darauf. Jan nahm den Zettel entgegen und schob ihn in seine Jacke.

»Danke«, sagte er. »Ich frage Sie jetzt zum zweiten Mal: Nimmt Ihr Bruder Drogen? Wir haben Spuren von Heroin in seiner Wohnung gefunden.«

Dieses Mal schien Melanie von der Frage nicht überrascht zu sein. Sie griff erneut unter den Tisch und beförderte Tabak und Zigarettenpapier zutage. Während sie den Tabak eindrehte, sagte sie: »Ja.« Sie zündete die Zigarette an. »Ist das denn wichtig für Sie?«, fragte sie.

»Könnte sein.«

Melanie musterte ihn mit einem kritischen Blick aus eisblauen Augen. Dann begann sie zu erzählen.

Vor etwa zehn Jahren habe es angefangen, als er als Zivildienstleistender in einem Krankenhaus arbeitete. Damals habe er das erste Mal Beruhigungsmittel genommen, die er aus einem Schrank gestohlen hatte. Es habe ihm ein gutes Gefühl gegeben, erzählte Melanie. Er habe immer mehr genommen und sei später auch bei anderen Mitteln gelandet. Schließlich seien die Diebstähle aufgeflogen. Er wurde angeklagt und musste einen Entzug machen. Anschließend sei er drogenfrei gewesen, wie sie sagte, eine Zeit lang zumindest – bis Melanie an Krebs erkrankte.

»Was hatte Ihre Krankheit damit zu tun?«, fragte Jan.

»Marc hat es nicht überwunden. Er hat sich große Sorgen gemacht. Wir stehen uns sehr nah, müssen Sie wissen. Sehr nah – wie gute Freunde. Und wir hatten einen gemeinsamen Feind: Der Alte hat uns zusammenrücken lassen.«

Melanie erhob sich. »Möchten Sie ein Glas Wein?«

»Ja, ich bin nicht mehr im Dienst.«

»Ich dachte, Polizisten sind immer im Dienst?«

»Wie man's nimmt.«

»Wollen Sie mir erzählen, dass Sie aus privatem Interesse hier sind?«

»Buchen wir's einfach ab unter der Rubrik: unbezahlte Überstunden mit freiem Gestaltungsspielraum.«

Melanie schaute ihn irritiert an. Dann drehte sie sich um, ging in die Küche und kehrte kurz darauf mit einer angefangenen Flasche Rotwein und zwei Gläsern zurück. Sie schenkte Wein ein, und beide tranken einen Schluck.

»Wer hat Ihren Bruder überfallen, Melanie?«, fragte Jan dann. »Ich muss das wissen!«

Ihre Augen verengten sich zu Schlitzen. »Wie oft soll ich's Ihnen noch sagen? Ich habe keine Ahnung.«

»Sie sind doch so vertraut mit Ihrem Bruder. Was für einen Umgang hat er? Mit was für Leuten gibt er sich ab? Hat er Freunde?«

Melanie senkte ihren eisblauen Blick hinunter zum Rotweinglas und flüsterte: »Er hat eine Freundin.«

»Schön – aber haben das nicht viele Leute?«

»Sicher. Aber für Marc ist eine Freundin etwas Besonderes.«

»Warum?«

»Er ist schüchtern. Hat schlechte Erfahrungen gemacht. Aber dieses Mal – er war so euphorisch, so glücklich.«

»Erzählen Sie mir von der Beziehung.«

»Er hat das Mädchen kennen gelernt vor, glaube ich, drei oder vier Wochen. Sie kommt aus dem Osten.«

»Osten? Was meinen Sie damit?«

»Na, aus einem dieser Länder eben. Russland oder Ukraine, irgend so etwas.«

»Mhm«, machte Jan.

»Er musste sie verstecken. Er meinte, sie werde verfolgt. Er hat eine Wohnung für sie gemietet.«

»Eine Wohnung? Welche Straße?«

Melanie schien plötzlich verunsichert zu sein. Hatte sie sich nicht schon viel zu weit vorgewagt? Brachte sie ihren Bruder in Bedrängnis? Der Mann, der ihr gegenübersaß, war ein Polizist. Aber irgendwie hatte er es geschafft, ihr ein Gefühl von Vertrauen zu geben. Und sie machte sich große Sorgen um Marc – nicht erst seit dem Überfall in seiner Wohnung. Melanie trank vom Wein.

Jan rührte sein Glas nicht mehr an.

»Die Wohnung ist in der Henrik-Ibsen-Straße«, sagte Melanie. »Die Hausnummer weiß ich leider nicht – wirklich nicht!«

»Danke«, sagte Jan und erhob sich.

Er verabschiedete sich von Melanie, rannte die Treppe hinunter, setzte sich in den Volvo und wählte auf seinem Handy Adamskis Nummer.

Der Chef meldete sich. Nachdem Jan seinen Namen genannt hatte, knurrte Adamski: »Adrian, um Himmels willen! Hast du kein Zuhause? Es ist Nacht – ich bin ein alter Mann.«

»Alte Menschen brauchen weniger Schlaf. Also reg' dich nicht auf und hör mir zu!«

Jan berichtete von seinem Gespräch mit Melanie Golombek.

»Interessant«, sagte Adamski. »Wirklich interessant.«

Jan hörte, wie im Hintergrund eine Tasse oder irgendein anderes Geschirr schepperte.

»Hatte mir gerade einen Glühwein gemacht. Den werde ich dann später auf dein Wohl trinken. Wenn dein Verdacht allerdings eine Ente ist, spendierst du mir eine Kiste Bier. Wir sehen uns in zwanzig Minuten im Büro. Hol die anderen aus dem Bett!«

28. Kapitel

Während die Kollegen nach und nach im Kommissariat eintrafen und Jan den anderen Bericht erstattete, erwachte Marc Golombek einige Kilometer entfernt nordwestlich aus seiner Ohnmacht. Sein Schädel brüllte vor Schmerzen, und er spie bittere Magensäure über Laken und Matratze.

Allmählich kehrten die Erinnerungen zurück. Das Hämmern. Das Krachen der Tür. Die vermummten Gestalten. Nur Schatten an der Wand. Taschenlampen leuchteten ihn an. Jemand packte ihn, zerrte ihn runter von der Matratze. Fort von Jelena. Er hörte sie schreien. Das Mädchen schrie! Es zerriss ihm das Herz. Dann traf ihn ein Schlag am Kopf – und die Taschenlampen gingen aus. Die Gestalten verschwanden.

Und Jelena?

Marc schob seinen Arm über die Matratze. Sie war nicht mehr da.

Natürlich nicht. Sie waren gekommen, um Jelena zu holen. Sie hatten sie mitgenommen. Und er hatte sie nicht beschützt.

Auf allen Vieren kroch er aus dem Raum und dann durch den Flur. Da lag die Tür auf dem Boden, der Eingang gähnte ihn an, dunkel und offen.

Hatte niemand aus diesem verfluchten Haus etwas mitbekommen? Waren die Menschen alle taub? Die Warzenfrau hörte Schlager. Wie immer. Die Lieder drangen durch die Wand.

Wie spät war es? Marc wusste es nicht.

Er schleppte sich ins Bad, schaltete das Licht ein und betrachtete sich im Spiegel. Sein Gesicht war eine einzige Wunde.

Der Schlag hatte ihn an der Stirn erwischt, auf der sich eine rötlich schimmernde Beule gebildet hatte, die wie ein Einhorn aus seinem Kopf hervorstach. Darunter das blaue Auge und eine aufgeplatzte Lippe. Blut war über sein Gesicht geflossen und hatte eine Kruste gebildet.

Er sah aus wie ein lebender Toter, und so fühlte er sich auch. Wie ein Zombie.

Er drehte den Hahn auf und ließ das Wasser über seine Hände laufen. Es fühlte sich kühl an, wie aus einem Bergbach, und tat ihm gut. Dann beugte er sich über das Becken, um das getrocknete Blut abzuwaschen. Jeder Millimeter seines Gesichts brannte dabei wie Feuer. Aber er hatte keine Zeit zum Leiden und wusch und tupfte mit Wasser und Toilettenpapier die Blutreste weg – so gut es eben ging.

Dann ging er in die Küche.

Sie hatten seine Jacke mitgenommen. Scheiß auf die Jacke – was viel schlimmer war: Sie hatten das Heroin mitgenommen! Marc schwankte und bekam gerade noch die Spüle zu fassen. Und während er in der Küche stand, gestützt und gehalten vom Rand des Spülbeckens, wurde ihm das ganze Ausmaß seiner Situation bewusst.

Jelena war weg. Er hatte keinen Stoff. Nichts mehr. Nur noch einen nutzlosen Körper, der sich anfühlte, als wäre ein Trecker darübergerollt.

Da entdeckte Marc seinen Autoschlüssel in einer Ecke. Vermutlich war er aus seiner Jacke gefallen. Er nahm ihn an sich und kehrte zurück ins Wohnzimmer, wo er sich Hose und Pullover überzog. Dann verließ er die Wohnung, und die Schlager der Warzenfrau begleiteten ihn noch viele Stufen auf dem Weg nach unten.

Draußen regnete es. Er stapfte durch Pfützen die Straße hinunter, bis zu der Seitenstraße, in der er seinen Wagen am Vormittag abgestellt hatte. Als er endlich den Schlüssel ins Zündschloss gesteckt hatte, wusste er, was zu tun war.

29. Kapitel

Zehn Minuten nachdem Marc aus der Seitenstraße gerollt war, regnete es noch immer. Es war kurz vor zwölf, als ein Wagen mit vier Zivilbeamten am südlichen Ende der Henrik-Ibsen-Straße stoppte.

Adamski stieg als Erster aus, setzte den Hut auf und knurrte: »Verdammtes Scheißwetter.«

Dem war nichts hinzuzufügen.

Auch der Anblick der Straße riss niemanden zu Jubelstürmen hin. Links und rechts des Weges standen mehrgeschossige Häuser mit etlichen Wohnungen und hunderten Menschen darin. Einer von ihnen war vielleicht Marc Golombek.

Jan zog sich die Kapuze über den Kopf und trat neben seinen Chef.

»Ein Name«, sagte Adamski. »Wir haben nur einen verdammten Namen aber keine Hausnummer.«

Schlorke und Jaeger – ebenfalls unter Kapuzen verborgen – kamen hinzu.

»Und nun?«, fragte Schlorke.

»Wenn wir bis morgen warten würden, könnten wir die Wohnungsgesellschaften fragen, ob sich Marc Golombek bei ihnen eingemietet hat«, schlug Jaeger vor.

»Wir können nicht warten«, rief Adamski. »Wir brauchen Verstärkung! Warum haben wir denn nicht gleich daran gedacht?«

Jan ging zum Auto, von wo aus er die Einsatzleitstelle anrief, die zwei Streifenwagen zur Unterstützung schicken sollte.

Kurz nach zwölf traf die Verstärkung ein, und Adamski gab seine Anweisungen.

Sie marschierten los, die eine Truppe links der Straße, die andere rechts. Eine ganze Weile später trafen sie am Ende der Straße erneut zusammen.

»Nichts«, sagte Jan, der die eine Truppe angeführt hatte. »Nirgendwo steht *Golombek* auf der Klingel.«

»Auf der anderen Seite auch nicht«, entgegnete Adamski. Seine Laune hatte sich kaum gebessert. Eher verschlechtert.

»Es waren einige Klingeln ohne Namen dabei«, warf Jaeger in die Runde. »Ich meine, vielleicht hat er seinen Namen gar nicht erst draufgeschrieben.«

»Möglich«, sagte Adamski und überlegte. »Verdammt, eigentlich dürfen wir die Leute abends nach zehn nicht mehr anklingeln. Aber, was soll's – ich bin eh bald im Ministerium. Also holen wir die braven Bürger, die vergaßen, ihre Namen auf die Klingeln zu schreiben, aus den Betten.«

Die Polizisten marschierten zu den Hauseingängen.

Dieses Mal dauerte die Aktion wesentlich länger, und erst nach einer weiteren Dreiviertelstunde trugen sie die Ergebnisse zusammen, die vollkommen unbefriedigend waren. Marc Golombek war wieder nicht dabei gewesen.

Nun standen sie auf dem Gehweg und plätscherten mit den Schuhen in den Pfützen. Die Uniformierten murrten; die Frage nach dem Sinn des nächtlichen Einsatzes machte die Runde.

Da hatte Jan eine Idee.

»Noch eine?«, fragte Schlorke und mischte seinen Worten eine gehörige Portion Verachtung bei.

»Letzte Chance«, brummte Adamski. »Spuck's aus!«

Jan hob eine Hand und deutete damit an, dass die anderen – bitte! – einen kurzen Augenblick Geduld haben mögen. Er stieg in den Zivilwagen und nahm das Handy aus der Jacke. Damit wählte er Melanie Golombeks Nummer und hoffte, dass sie noch nicht schlief.

Sie war wach und meldete sich augenblicklich. Jan wechselte mit ihr einige Worte, bevor er zu den anderen zurückkehrte.

»Marc Golombeks Mutter hieß früher Beuthin – mit ›th‹ und ohne ›ie‹«, erklärte er. »Vielleicht benutzt er den Namen. Seine Schwester sagte, dass ihr Bruder sich auch früher manchmal mit dem Namen vorgestellt hätte, weil er den Namen seines Vaters hasste.«

»Denk an das Bier«, grunzte Adamski unter dem Hut hervor.

»Das tue ich die ganze Zeit«, entgegnete Jan und beorderte seinen Trupp, zu dem neben Jaeger noch drei Beamte in Uniform gehörten, auf die andere Straßenseite. Adamski, Schlorke und noch einmal drei Uniformierte spazierten auf ihrer Seite los.

Drei Minuten später surrte das Funkgerät, das Jaeger in seiner Jacke mitschleppte.

Es war Adamski. »Beuthin – mit ›th‹ und ohne ›ie‹. Wir haben ihn, Nummer 187!«

Jan und die anderen liefen los und trafen die Kollegen vor der Nummer 187. Eine Straßenlaterne spendete Licht. Jan betrachtete den Eingang, der aussah wie jeder andere in dieser Gegend auch. Daneben stand eine einsame Mülltonne, davor lag Abfall auf dem Boden. Auf dem schmalen Weg, der zur 187 führte, lag ein dunkler, weicher Haufen.

Hier fallen die Vögel tot von den Dächern, dachte Jan.

Sein Blick glitt zurück von Vogel und Abfall zu Adamskis Zeigefinger, der auf ein Klingelschild gerichtet war, auf das jemand mit zittrigen Kugelschreiberstrichen den Namen *Beuthin* geschrieben hatte.

Der Name – immerhin. Vielleicht hatten sie doch noch Glück.

Die Eingangstür war nicht verschlossen.

Adamski ließ Jan den Vortritt, der drückte auf den Lichtschalter im Flur und stieg dann zuvorderst die Treppen hinauf, wobei er die einzelnen Namensschilder an den Türen studierte. Die anderen folgten ihm, bemüht leise, mit feuchten, quietschenden Sohlen.

Das Haus war still, es schien sich kein Leben zu regen hinter diesen Türen, an denen Namen wie Hölzl, Schultze und Ganter befestigt waren.

Schließlich kamen sie ins oberste, ins vierte Stockwerk. Schon auf der Treppe darunter hatte Jan Musik vernommen. Ein penetranter Rhythmus, begleitet von einer jaulenden Stimme, die wie Weinen klang. Jetzt, im vierten Stock, sah er gegenüber der Treppe eine Tür, an der kein Name stand, und rechts daneben sah er einen zweiten Eingang – dem fehlte die Tür.

Er hielt inne, gab den anderen ein Zeichen, ebenfalls stehen zu bleiben und zeigte auf den offenen Eingang. Adamski, der hinter ihm war, folgte mit seinen Augen Jans ausgestreckter Hand.

Er drehte sich um und gab mit seinen Fingern Kommandos. Die Polizisten zückten ihre Pistolen.

Dann preschten Jan und Adamski voran, die Waffen an die Decke gerichtet. Sie erreichten den Eingang. Dahinter lag die Tür auf dem Boden, sie war aus den Angeln gebrochen.

Weiter!

In einem kleinen Badezimmer brannte eine Lampe, im Waschbecken klebte etwas Dunkles. Vielleicht Blut?

Die Küche mit Spüle und Schrank – leer. Nur eine Tüte stand auf dem Boden.

Das Zimmer geradeaus – leer. Nur eine Matratze, darauf eine zerwühlte Decke, daneben Scherben, eine kaputte Tasse. Es stank nach Erbrochenem.

»Keiner zu Hause«, knurrte Adamski. »Tja, man hat manchmal Glück und manchmal Pech.«

Sie steckten ihre Pistolen zurück, als die anderen nachrückten.

»Klingel den alten Grzymek aus dem Bett«, sagte Adamski zu Schlorke, der nickte und in die Küche verschwand.

»Wir müssen mit den Nachbarn sprechen«, sagte Jan.

»Ja, das müssen wir wohl«, entgegnete Adamski.

* * *

»Magst du Schlagermusik?«, fragte Jan.

Jaeger, der – das dachte Jan jedenfalls – durchaus in einem schlagerfähigen Alter sein könnte, schüttelte den Kopf.

»Früher ein bisschen, wenn mal was kam im Kessel Buntes«, antwortete er. »Heute höre ich lieber Klassik, Sinfonien. Rachmaninoff oder Schostakowitsch oder so.«

»Kessel Buntes?«, murmelte Jan, wartete aber nicht auf eine Antwort, sondern drückte erneut auf den Klingelknopf, zum vierten Mal inzwischen.

Endlich wurde die Musik leiser. Schritte näherten sich der Tür. Jemand spähte durch den Spion, eine Kette rasselte, und schließlich wurde die Tür eine Handbreit geöffnet.

Über einer eingehängten Kette erschien ein Gesicht. »Ja?«, fragte es.

»Wir sind von der Polizei«, sagte Jan, »und wir möchten mit Ihnen reden.«

»Polizei?«

Jan Adrian und Tammo Jaeger zückten ihre Marken. Das Gesicht betrachtete die Ausweise, während Jan das Gesicht studierte. Dicke Nase, kleiner Mund, schmale Lippen – alles eingerahmt von schlohweißem Haar. Das Gesicht gehörte einer Frau, vielleicht sechzig oder siebzig Jahre alt, und es war gesprenkelt mit unzähligen Höckern. Es waren Warzen, die aussahen wie braunerdige Maulwurfshügel, die sich aus einer Wiese gedrückt haben. So viele Warzen hatte Jan noch nie auf einem Haufen gesehen.

Die Frau fragte noch einmal: »Polizei?« Und dabei tanzten die Warzen um ihren Mund.

Sie machte sich an der Kette zu schaffen, und die Tür schwang auf.

»Kommen Sie. Gut, dass Sie hier sind.«

»Danke«, sagte Jan.

Die Frau ging voran. Sie war bekleidet mit einem geblümten Nachthemd. Die Füße steckten in ausgefransten Hausschuhen und schlurften über einen Teppich, der staubig und abgetreten war.

Jan und Tammo Jaeger folgten ihr in eine Küche, wo sie sich hinter einen Tisch zwängte. Jan und Jaeger nahmen ihr gegenüber Platz. Zwischen ihnen ragte ein Kassettenrecorder auf, ein stattliches Gerät, aus dem die Musik noch immer recht laut hervorquoll. An einer Wand darüber hing ein Regal, darin Musikkassetten, einige Dutzend, wenn nicht Hunderte. Ein außergewöhnlicher Anblick im Zeitalter von CD und mp3.

»Ich habe gerne Musik um mich«, sagte die Frau, als wollte sie sich entschuldigen, machte aber keinerlei Anstalten, das stereophone Geplärre leiser zu drehen oder gar auszuschalten.

»Schön«, sagte Jan und hob sogleich die Stimme. Er musste fast schreien. »Kennen Sie eigentlich Ihre Nachbarn?«

»Was?«

»Ihre Nachbarn, nebenan – kennen Sie die?«

»Nein«, rief die Frau. »Na ja – ja. Ein bisschen.«

»Was? Kein bisschen?«

»Ja, ein bisschen …«

Jan langte über den Tisch, entdeckte den richtigen Knopf und schaltete den Recorder aus. Erlösende Stille.

»Entschuldigung«, sagte die Frau. »Da hätte ich auch selbst drauf kommen können.«

»Ja, hätten Sie! Was ist also mit den Nachbarn?«

»Krach war da heute Abend. Als wenn sie die Tür kaputt gemacht hätten. Sind Sie deswegen hier?«

»Auch deswegen – haben Sie etwas gesehen heute Abend.«

»Sicher.« Sie zeigte zu ihrer Wohnungstür. »Durch den Spion.«

»Und was haben Sie gesehen? Die Nachbarn?«, mischte sich Jaeger ein.

»Nein. Männer. Andere Männer, mit Masken und dunklen Jacken. Sie kamen aus der Wohnung. Es waren drei, glaube ich. Und sie hatten die Frau dabei, hielten sie fest und zerrten sie die Treppe runter.«

»Welche Frau?«

»Die junge Frau, die nebenan wohnt – mit dem Asozialen.«

»Asozial?«, fragte Jan.

»Ja, ja, asozial. Der Kerl hatte Löcher in der Hose und in der Jacke. Der hat sich nie rasiert, und wenn, dann wahrscheinlich mit einem Taschenmesser. Gottogott, war der ungepflegt! Und ungesund sah er auch aus, also richtig krank, wenn Sie mich fragen …«

»Bitte«, sagte Jan. »Alles der Reihe nach. Wann sind diese Leute in die Wohnung nebenan gezogen?«

»Vor zwanzig Tagen. Das weiß ich, weil da der Andy Geburtstag hatte, und ich bin ein großer Fan von dem.«

Sie lehnte sich in ihrem Stuhl zurück, reckte das Kinn und intonierte aus voller Kehle: »Sonne, liebe Sonne, lach mich an. Du bist es, die mich führt, du bist es, die mich berührt!«

Jan spürte, wie ein Schauer seinen Rücken hinunterlief.

Die Frau fragte: »Den kennen Sie doch bestimmt – den Andy Jung?«

»Kann sein«, entgegnete Jan. »Bitte bleiben Sie bei den Nachbarn.«

»Dem Asozialen hab' ich Kaffee angeboten, als er eingezogen ist. Nur mit einer Matratze unterm Arm kam der die Treppe hoch. Ich hatte gedacht: Kaffee – auf gute Nachbarschaft. Wissen Sie, ist nämlich wichtig heutzutage. Aber der Asoziale wollte nicht. Ist einfach weitergegangen.«

»Und die junge Frau? Wann haben Sie die junge Frau gesehen?«

»Auch an dem Tag. Die ist auch die Treppe hoch und in die Wohnung, ganz schnell an meiner Tür vorbei. Ich sollte die wohl nicht sehen. Finden Sie das nicht auch verdächtig?«

»Mhm. Und danach? Haben Sie die Frau oder den Mann noch einmal wiedergesehen?«

»Nur den Mann. Der kam und ging. Brachte Sachen mit. Die Frau ging nie, die blieb immer in der Wohnung – wie ich. Ich gehe nie unter die Leute, nur zum Einkaufen. Hier habe ich meine Musik, und hier habe ich meine Ruhe.«

»Wie sah die Frau aus? Wie alt war sie?«

»Sie hat schwarze Haare, klein. Sehr jung – wer weiß, was der Asoziale da drüben mit der angestellt hat. Man macht sich so seine Gedanken. Aber ich misch mich da nicht ein.«

»Und heute Abend?«, fragte Jan. »Da waren die drei Männer und der Krach. Was ist nebenan geschehen?«

Die Warzenfrau hob und senkte die Schultern und blickte die Polizisten aus scheuen Augen an.

»Ich weiß es nicht, ich habe Angst gehabt. Bei den Asozialen wundert man sich über nichts mehr, heutzutage. Ich bin eine einsame Frau, wissen Sie. Ich habe mich ins Bett gelegt. War mir sicherer.«

Nachdem Jan und Tammo Jaeger das Gespräch mit der Warzenfrau beendet hatten, gesellten sie sich in Marcs Wohnung zu den Kollegen. Die Polizisten hatten inzwischen andere Bewohner des Hauses aus den Federn geklingelt und auf ihre Fragen stets dieselben Antworten erhalten: Nein, man habe nichts gehört oder gesehen. Nein, man wisse auch nicht, wer da oben im vierten Stock wohnt. Die alte Schachtel mit dem Warzengesicht, na gut. Aber sonst? Keine Ahnung – das sei schließlich auch egal.

Jan und Tammo Jaeger konnten immerhin mit der Nachricht aufwarten, dass vermutlich drei dunkel gekleidete, maskierte Männer eine junge Frau verschleppt hatten, die in dieser Wohnung gelebt hatte.

Das war nicht viel, aber besser als gar nichts.

Und die junge Frau?, überlegte Jan, und ihm kam noch eine andere Idee. Aber er wollte seine Gedanken zunächst für sich behalten und noch einmal in Ruhe durchgehen. Irgendwie passte es noch nicht zusammen. Es erschien ihm eigentlich geradezu abwegig.

30. Kapitel

Ella Jaeger erwachte. Nur langsam gewöhnten sich ihre Augen an die Dunkelheit. Durch die dünne Gardine schimmerte das Licht der Straßenlaternen ins Schlafzimmer.

Ella war mit einer tiefen Nachtruhe gesegnet. Sie schlief abends schnell ein und wachte erst am Morgen wieder auf. Wenn auf der Straße Betrunkene krakeelten oder die jungen Leuten in der Wohnung über ihnen die Bettfedern quietschen ließen – all das hatte Ella noch niemals gestört.

Aber jetzt war sie plötzlich wach geworden.

Sie schaute auf die rot leuchtende Digitalanzeige des Radioweckers, der neben ihr auf dem Schränkchen stand: 2:17.

Sie spürte eine Unruhe in sich und schob vorsichtig ihre rechte Hand auf die andere Seite des Bettes, um Tammos Wärme zu spüren. Aber das Bett war kalt. Ihre Hand tastete sich weiter voran. Die Decke lag glatt da, kein menschlicher Körper wölbte sie. Dann erinnerte sie sich daran, dass Tammo ihr etwas von einem Nachteinsatz erzählt hatte.

Ella stützte sich auf die Ellenbogen, die Matratze unter ihr knisterte. Sie blickte erneut auf den Wecker: 2:19. Ihre Unruhe verstärkte sich. Ihr war durchaus bewusst, dass es Einsätze gab, die die ganze Nacht dauerten und dass Tammo manchmal erst am frühen Morgen wieder heimkehrte. Aber irgendetwas war heute anders.

Ella schlug die Decke zur Seite und stieg aus dem Bett. Sie fror. Um Kosten zu sparen, ließen sie auch im Herbst die Heizung im Schlafzimmer ausgeschaltet. Sie fühlte mit ihren nackten Füßen nach den Hausschuhen, fand sie und schlüpfte hinein.

Sie öffnete die Tür zum Flur. Ihre Augen hatten sich inzwischen an die Dunkelheit gewöhnt. Sie erkannte Einzelheiten – die Kommode neben der Eingangstür, die Mäntel und Jacken an der Garderobe.

In den angrenzenden Räumen war es dunkel; kein Licht schimmerte durch die im oberen Drittel der Türen eingelassenen Milchglasscheiben. Sie lauschte in den Flur hinein. Das einzige Geräusch, das gedämpft an ihre Ohren drang, war der gleichmäßige Schlag der Wanduhr im Wohnzimmer.

Sie drückte die Klinke der Wohnzimmertür hinunter. Die Wanduhr schlug lauter. Ella blieb im Rahmen stehen. Aus irgendeinem Grund traute sie sich nicht, das Licht einzuschalten. Nur das metallische Ticken hallte in ihren Ohren wider. Tammos Sessel war leer.

Sie wandte sich vom Wohnzimmer ab, und als sie an der Garderobe vorbeikam, strich sie mit der Hand über die aufgehängte Kleidung. Einer der Mäntel war feucht – es war der Mantel, den Tammo getragen hatte, als er aus dem Haus gegangen war.

Hinter der nächsten Tür lag das Arbeitszimmer. Auf dem Schreibtisch stand der Bildschirm des Computers, den Tammo im vergangenen Jahr für ein paar Euro einem Bekannten abgekauft hatte. Es gab Regale mit Büchern und Aktenordnern, in denen sich die bürokratischen Protokolle ihres Lebens befanden: Einwohnerangelegenheiten, Versicherungspolicen – und in einem der Ordner steckten vermutlich die Kontoauszüge, die mit dem Minusstrich vor der großen Zahl.

Hinten in dem Raum führte eine Glastür auf den Balkon, auf dem Ella im Frühjahr wieder Stiefmütterchen in die Kästen pflanzen würde. Bis dahin würden sie den Balkon, so wie in den vielen Jahren zuvor, vermutlich nicht nutzen.

Doch jetzt stand die Glastür offen, und ein kühler Luftzug streichelte Ellas Gesicht. Sie durchquerte das Arbeitszimmer und blieb vor der Balkontür stehen. Er kehrte ihr den Rücken zu. Ella sah die Glut seiner Zigarette wie ein rotes Auge in der Nacht leuchten. Sie trat auf den Balkon und nannte leise seinen Namen.

Tammo zuckte zusammen. Dann drehte er sich zu ihr und sie meinte, dass sein Gesicht feucht glänzte.

»Warum stehst du hier draußen im Regen?«, fragte sie.

Er schnippte die Zigarette in den schwarzen Rachen des Hinterhofs.

»Es ist kalt, lass uns reingehen«, sagte er mit einer belegten Stimme, bei der es Ella kalt den Rücken herunterlief.

Sie hatte diesen Tonfall bei ihrem Mann nur sehr selten gehört und wusste nun, dass er geweint hatte.

Ella ging zurück ins Arbeitszimmer, in dem sie mit dem Knie gegen den Schreibtisch stieß; aber sie bemerkte es nicht. Tammo folgte ihr schweigend.

Als sie im Wohnzimmer das Licht einschalten wollte, sagte er: »Nein – bitte kein Licht. Wir können eine Kerze anmachen.«

Eine Kerze? Ella konnte sich nicht daran erinnern, dass Tammo jemals nach Kerzenschein zumute gewesen war. Er ließ sich in den Sessel sinken, der unter ihm ein ächzendes Geräusch ausstieß. Ella wühlte in einer Schrankschublade und entdeckte die dicke Kerze, die sie damals in einem Urlaub gekauft hatten. Die Kerze war mit einem Bild des Kremls in Moskau verziert. Sie stellte die Kerze auf den Tisch. Tammo beugte sich vor und entzündete den Docht mit einem Feuerzeug. Sein Gesicht sah in dem flackernden Schein noch älter aus.

Nachdem Ella in ihrem Sessel Platz genommen hatte, begann Tammo zu erzählen. Das Pendel der Wanduhr schlug seinen Takt, und Ella bekam eine Heidenangst. Was war das für ein Mann, mit dem sie schon so viele Jahre unter einem Dach lebte?

31. Kapitel

Gegen zwei Uhr war Jan in seine Wohnung zurückgekehrt, hatte sich flüchtig die Zähne geputzt und anschließend nackt ins Bett gelegt.

Der Klingelton weckte ihn um kurz vor sechs. Er tastete auf dem Nachttisch nach dem Handy und murmelte seinen Namen hinein.

Es meldete sich Kollege Angerhöfer aus der Leitstelle, und als Jan hörte, was Angerhöfer ihm mitzuteilen hatte, wurde er schlagartig hellwach.

Zehn Minuten später saß er im Volvo, den er stadtauswärts nach Norden, Richtung Ostsee, lenkte. In Gedanken zeichnete er das kurze Gespräch noch einmal nach.

»Ich weiß, ich weiß«, hatte Angerhöfer gesagt, »es ist früh, aber es gibt eine Leiche.«

»Hm?«

»Wir haben Adamski informiert. Er bat mich, dich aus dem Bett zu holen.«

»Was ist mit der Leiche?«

»Keine Ahnung. Ein toter Mann. Liegt in einem Wohnwagen am Schnatermann.« Dann hatte Angerhöfer ihm den genauen Weg zum Fundort der Leiche erklärt.

Um kurz vor halb sieben erreichte Jan den Schnatermann – ein Waldstück der Rostocker Heide am Breitling, einer Ausbuchtung der Warnow, bevor sie in die Ostsee mündete. Seinen eigenartigen Namen verdankte das Gebiet dem slawischen Begriff *schnat* für Grenze und den Schnatermännern, die diese Grenzen für den Holzhandel bewachten. Jan hatte auch eine andere Geschichte gehört, und die gefiel ihm eigentlich noch besser: Demnach ging der Schnatermann auf eine alte Sage zurück. Angeblich hockte dort einmal ein gekenterter Seemann auf einem Felsen; das Wasser war kalt, der Arme zitterte und bibberte. Und schnatterte vor Kälte. Angeblich.

Jan bog wie beschrieben von der Hauptstraße ab. Der Volvo holperte über einen unbefestigten Feldweg, und je weiter er sich von der Straße entfernte, desto tiefer wurden die Schlaglöcher, in denen Enten hätten verschwinden können.

Bald darauf sah er Adamskis Mercedes und zwei Streifenwagen. Die Autos standen hintereinander geparkt auf einem kargen Gelände. Im Licht der Scheinwerfer erkannte Jan tote Gräser und Büsche, kahl und dornig; sie warfen Schatten hinter sich, die aussahen wie Skelette – einsame Posten, Schnatermänner, die irgendetwas bewachten.

Aber was?

Jan ließ den Wagen ausrollen, bremste, fischte aus dem Handschuhfach eine Taschenlampe und stieg aus. Zwischen den Büschen tanzten die Kegel mehrerer Lampen. Die Kollegen durchsuchten offenbar das Gelände.

Jemand hatte Jans Ankunft bemerkt und rief seinen Namen. »Adrian – hierher!«

Er leuchtete in die Richtung, aus der die Stimme gekommen war. Adamski stand vor einem Wohnwagen, und Jan hoffte, dass der Tote, der nach Angerhofers Worten darin lag, nicht der war, um den Jan sich sorgte.

»Verfluchte Uhrzeit«, knurrte Adamski. »Habe kaum geschlafen.«

»Ja«, sagte Jan. »Wer ist der Tote?«

»Komm mit!«

Adamski betrat eine kleine Treppe, die in den Wohnwagen führte. Es ging einige Holzstufen knarrend und knirschend hinauf. Dann standen sie im Wagen, der von einer kräftigen Leuchte erhellt wurde. Es stank nach kaltem Feuerrauch. Zunächst sah Jan die Einrichtung: eine kleine Kochecke, ein Tisch, darauf eine Kerze, hinter dem Tisch eine Liege und auf der gegenüberliegenden Seite ein Ofen.

Dann sah er den Mann: Er lag auf dem Rücken vor dem Tisch, mitten im Raum. Er war gekleidet wie ein Soldat und glotzte mit starren Augen an die Decke. Um ihn herum war Blut, dick und schwarz und getrocknet. Aus seinem Bauch ragte etwas. Eine Klinge. Und was für eine!

Jan trat noch näher heran. Dann hatte er Gewissheit – der Tote war nicht der, der es hätte sein können. Es war nicht Marc Golombek.

Jan spürte ein Gefühl der Erleichterung.

»Der Mann heißt Mörke, Peter Mörke«, sagte Adamski hinter seinem Rücken.

»Aha. Nie gehört.«

»Auf der Liege war eine Tasche und darin sein Ausweis. Das erspart uns eine Menge Arbeit. Mörke war vierzig Jahre alt und in Hamburg gemeldet. Er wird gerade im Computer gecheckt.«

Jan ging um den Toten herum und kniete neben ihm nieder. »Bin immer wieder überrascht, wie viel Blut in einem einzigen Menschen ist«, sagte er.

»Ja, das macht eine ziemliche Sauerei.«

»Wer hat die Leiche entdeckt?«

»Zwei Männer, junge Kerle. Wollten zum Angeln.«

»Zum Angeln? Bei dem beschissenen Wetter!«

»Na ja, wie die Angler so sind. Den beiden wurde es dann aber doch zu kalt, und sie haben den alten Wohnwagen entdeckt. Sie dachten, dass sie vielleicht hier drin ein Feuerchen machen könnten und …«

Adamski wurde von einem Polizisten unterbrochen, der den Kopf in den Wagen steckte und sagte: »Wir haben die Angaben aus dem Computer.«

»Komm rein und wärm dich auf«, sagte Adamski.

Der Polizist schaute ihn verwundert an, dann betrat er den Wagen und fuhr fort: »Also, dieser Mörke hat 'ne ordentliche Liste bei den Kollegen in Hamburg – Drogenhandel, Zuhälterei und Körperverletzung mit Todesfolge.«

»Sympathisch«, knurrte Adamski.

»Es kommt noch besser. Interpol war hinter ihm her. Mörke soll vor einiger Zeit in Kolumbien einen Mann getötet haben – einen Polizisten.«

»Scheiße!« Adamski wendete sich Jan zu. »Was denkst du?«

»Ich denke, dass Mörke das hier verdient hat.«

»Erstens darfst du so etwas vielleicht denken, aber niemals aussprechen, und zweitens habe ich das mit meiner Frage nicht gemeint.«

»Mhm«, entgegnete Jan und sagte: »Ich denke, dass ich so eine Machete wie diese hier noch niemals gesehen habe. Und dass man damit einen Schädel spalten kann wie ein Stück Butter.«

»Golombek.«

»Ja. Zumindest ist es möglich.«

Die Treppe knarrte. Ein anderer Kollege betrat den Wohnwagen und erklärte, dass sie noch etwas gefunden hätten.

Jan erhob sich und stieß dabei mit dem Fuß gegen eine leere Flasche, die sich in Bewegung setzte und unter die Liege kullerte, wo sie gegen eine andere Flasche stieß – zumindest hörte es sich so an. Jan betrachtete die Liege, dann den Tisch, und darauf entdeckte er ein Handy, das neben der Kerze lag.

Bevor er jedoch danach greifen konnte, zupfte Adamski ihn am Ärmel und drängte ihn, dem Kollegen aufs Gelände zu folgen. Sie verließen den Wagen, stapften über abgestorbenes Gras und kamen schließlich zu einer Reihe kahler Bäume. Dahinter schimmerte Wasser, von weit her spiegelten sich die Lichter des Seehafens auf der Oberfläche.

Der Polizist leuchtete zwischen die Bäume. Da lag ein Boot, das mit einem Seil an einem Baum festgezurrt war. Wellen schmatzten an dem Boot, das unruhig hin und her schaukelte.

Jan ging näherte heran. Der Motor war hochgeklappt. Jan zog es ein Stück dichter ans Ufer. Dann kniete er nieder, und als er sich wieder erhob und zu Adamski umdrehte, sagte er: »Das Boot ist blau und gelb.«

»Blau und gelb«, wiederholte Adamski. »Wie die Spuren an Golombeks Yacht. Das ist gut. Sehr gut.«

Da kam Jan ein Gedanke. Er lief an seinem überraschten Chef vorbei, hastete über das Gelände und die Treppe hinauf in den Wohnwagen. Er scherte sich einen Dreck um die Spurensicherung, als er das Handy vom Tisch nahm. Es war eingeschaltet, der Akku fast leer.

Er betätigte die Wiederwahltaste und drückte sein Ohr gegen das Gerät. Irgendwo klingelte es ein paar Mal, bis sich nach einigen Sekunden eine Mailbox einmischte. Eine Frauenstimme schnarrte, dass der Teilnehmer mit der und der Nummer zurzeit nicht erreichbar sei.

Jan gelang es, sich die Nummer zu merken. Dann holte er sein eigenes Handy aus der Jacke und suchte im Speicher nach einem Namen. Er fand ihn und verglich die Nummern. Er spürte, wie seine Beine weich wurden und setzte sich auf die Liege. Sie quietschte und protestierte gegen das Gewicht.

Die Nummer aus seinem Handy und die der Mailbox waren identisch »Alles in Ordnung bei dir?«, fragte Adamski, der Jan in den Wohnwagen gefolgt war.

Er nickte schwach, während er im Telefonbuchspeicher seines Handys nach einer anderen Nummer suchte. Er drückte auf einen Knopf. Das Handy stellte eine Verbindung her, und nach einigem Läuten meldete sich jemand, die Stimme einer Frau. Sie klang verschlafen.

32. Kapitel

Die Möwe stakste über die Platten des Gehwegs. Sie war fett und ungelenk, hielt hin und wieder inne und rammte ihren Schädel in einen Spalt zwischen den Platten. Der orangefarbene Schnabel blitzte auf, während er pickte und wühlte. Erde spritzte auf, Unkraut flog herum. Aber so sehr sie sich mühte, sie fand keinen Wurm.

Warum bin ich kein Vogel?, dachte Marc Golombek. Ein Vogel, so fett und ausgewachsen wie diese Möwe. So frei – ich könnte fliegen – auch ohne den verdammten Stoff. Ich könnte zu dem Haus fliegen, dann hoch, die Etagen hinauf. Ich würde in alle Fenster schauen, bis ich sie gefunden habe. Dann schlage ich die Scheibe ein und hacke mit dem Schnabel ihren Bewachern die Augen aus.

Jelena.

Marc Golombek schüttelte die Gedanken ab und schlug sich mit der flachen Hand so kräftig an die Stirn, dass es laut klatschte.

Meine Gedanken sind wirr, durchfuhr es ihn. Der Entzug wird schlimmer. Gott, ich brauche Stoff!

Die Stimme in seinem Schädel tobte: *Du Versager! Ohne den Stoff kannst du nichts!*

»Doch – ich werde durchhalten«, sagte er leise. »Es gibt etwas zu erledigen, und das ist wichtiger als die Droge.«

Jelena.

Mittlerweile kroch die Dämmerung über die Stadt.

Marc hockte im Wagen, der seit einigen Stunden vor einem Haus in einem Neubauviertel im Nordwesten der Stadt parkte. Es war das Haus, von dem Jelena ihm einmal erzählt hatte.

Das Haus, in dem man sie gefangen gehalten hatte. Das Haus, aus dem sie vor drei Wochen weggelaufen war.

Sie ist hier, dachte er. Das spüre ich.

Und es gab noch etwas, das ihn in seiner Annahme bestärkte. Einige Wagen vor seinem Golf parkte ein auffälliges Auto. Es war groß, grau, mit gelben Streifen an den Seiten und wuchtigen Heckflossen. Amerikanisch, großkotzig. Jelena hatte Igors Auto beschrieben – und der Schlitten da vorne sah genauso aus.

Sie sind hier, hier in diesem Haus, dachte er. Ich werde warten, bis sie herauskommen. Wenn sie überhaupt herauskommen. Was soll ich sonst auch tun?

Er behielt den Eingang im Auge. Und wartete. Wartete auf Jelena.

Sie war so traurig, so ängstlich, so gebrochen.

Es war im Stadthafen gewesen. Marc saß auf einer Bank. Sein Körper hatte gerade die Droge bekommen. Er fühlte sich federleicht und ließ die Wellen vorbeirollen. Ein schöner Tag im Spätherbst, warm und duftig.

Dann stand sie plötzlich neben ihm. Wie eine Erscheinung tauchte sie am anderen Ende der Bank auf, setzte sich und weinte und zitterte. Marc überwand seine Schüchternheit, zog die alte, löchrige Jacke aus und legte sie ihr über die Schultern.

Ob er helfen dürfe, fragte er. Ob er irgendetwas für sie tun könne.

Das Mädchen schluchzte nur und brachte auch sonst kein verständliches Wort zustande. Aber irgendwann – sie hatte offenbar Vertrauen zu ihm gefasst, warum auch immer – begann sie zu reden. Ein gequältes Deutsch, aber er verstand es.

Sie fragte ihn, ob er sie verstecken könne. Sie müsse fliehen. Sei in Gefahr, und sie kenne niemanden in dieser Stadt. Alles sei fremd. Alles ganz schlimm.

Er brachte sie in seine Wohnung, für die er sich zum ersten Mal schämte, seit er dort eingezogen war. Der Dreck, der Schimmel, der Abfall, die kaputten Möbel – einem Junkie war das alles egal. Aber was würde das Mädchen dazu sagen? Nun, ihr war es auch egal, wie es schien. Und bald wusste er auch, warum.

Am nächsten Morgen erzählte sie ihm von sich, und vor seinen Augen breitete sie eine Hölle aus, gegen die seine ranzige Wohnung das Paradies war.

Sie erzählte von ihrer Heimat, der Mutter, von einem Sergej und von Bogdan, der sie nach Polen, und von Piotr, der sie weiter nach Deutschland gebracht hatte. Von ihrem Pass, den sie ihr abgenommen hatten und von ihren Schulden, die sie zurückzahlen müsste.

Dann kam sie nach Berlin. Und die Hölle begann.

Piotr war der Erste, der sich an ihr verging, in einem Hochhaus irgendwo in Berlin, in einer kleinen Wohnung mit einem stinkenden Zimmer, auf einer harten Matratze. Piotr schlug sie. Er stöhnte und schlug und stöhnte.

Jelena hatte Angst. So eine gotterbärmliche Angst. Sie fühlte sich wie eine Katze, die in einen Sack gestopft und mit einem Stein beschwert in einen tiefen Brunnen geworfen wurde. Sie ging unter, immer tiefer. Die Angst schnürte ihre Kehle zu, die Luft wurde knapp. Irgendwann erreichte der Sack den Grund des Brunnens – und Jelena wurde ohnmächtig. Eine Ohnmacht, aus der sie erst nach langer Zeit wieder erwachte.

Und die Zeit dazwischen?

Nach Piotr kamen andere. Wie eine Sklavin musste sie Männer bedienen. Jeden Tag, ohne Unterbrechung. Männer ohne Gesichter. Männer, die sich auszogen, die stöhnten und schwitzten und stanken und manche, die sie schlugen. Und später einer, der viel Schlimmeres mit ihr anstellte.

Jelena bezeichnete diesen Mann mit einem Begriff aus ihrer Sprache – *Tschudowische*. Marc, der zwar Russisch in der Schule gelernt hatte, verstand ihn aber nicht. Jelena überlegte nach einem anderen Wort für das, was sie aussagen wollte, und benannte den Mann schließlich mit einem Wort, das Marc sofort übersetzen konnte: *Monstr*.

Irgendwann brachten sie Jelena in eine andere Stadt. Wieder in ein Hochhaus, wieder in eine kleine Wohnung, in der sie in einem Zimmer hauste, in dem ein Bett stand, auf der sich Männer an ihr vergingen.

Jetzt war Igor ihr Herr. Jelena war an ihn verkauft worden, und Igor verkaufte sie an Männer. Namenlose Männer, die gierig waren, wenig redeten, selten lachten, die Jelena behandelten wie ein Stück Holz, in das sie ihre Kerben schlugen.

Dann, eines Tages – es war in diesem Sommer gewesen – schleppte Igor sie aus dem Haus. Er brachte sie zu einem Hafen. Sie atmete frische Luft, sah Boote, schöne Boote. Auf einem dieser Boote wartete ein Mann auf sie.

Igor sprach mit diesem Mann. Sie verhandelten. Schließlich verschwand Igor. Jelena blieb an Bord, und der Mann legte ab. Sie beobachtete aus der Kabine, wie Häuser und Fabrikgelände an ihnen vorbeizogen und sie schließlich die Stadt hinter sich ließen.

Als es dämmerte, stoppte das Boot. Anker gingen zu Wasser. Dann kam er in die Kabine. Sein Gesicht mit den feinen Zügen – das am Nachmittag noch gelächelt hatte und freundlich zu sein schien – hatte sich verändert. Jetzt war er das Monster. Entstellt und unersättlich. Wie eine Fratze, in die die Gier ihre Krallen riss.

Das Martyrium währte die ganze Nacht. Und die Qualen, die sie erleiden musste, waren genug für ein ganzes Menschenleben. Er fesselte sie mit Handschellen, peitschte ihren

Rücken, ihre Schultern, ihre Beine, ihren Bauch, ihre Brüste. Dann verging er sich an ihr, und je lauter sie schrie vor Schmerz und Angst, desto wilder wurde er. Als er fertig war, ließ er sie gefesselt auf dem schmalen Bett liegen. Sie hörte seine Schritte, wie er über ihr auf und ab ging. Nach einiger Zeit kam das Monster zurück. Wieder peitschte er sie, wieder vergewaltigte er sie. Wieder schrie sie, und die Fratze war über ihr, hinter ihr – und höllenheiß in ihr.

Igor holte sie am nächsten Tag im Hafen wieder ab. Er musste sie stützen, denn sie konnte nicht mehr alleine gehen. Igor und das Monster lachten darüber.

Von da ab brachte Igor sie regelmäßig zu dieser Yacht.

Wie denn dieses Boot heiße, wagte Marc in einem wortlosen Moment zu fragen. Sein Hass auf die Männer, die dem Mädchen diese unbeschreiblichen Dinge angetan hatten, war mit jedem ihrer Sätze gewachsen, und er sann auf Rache. Vielleicht könnte er ja wenigsten einem – diesem einen, den sie das Monster nannte – irgendetwas antun. Was – das wusste er noch nicht. Irgendetwas: Vergeltung.

Jelena überlegte. Der Name des Bootes? Sie hatte ihn gelesen. Ja. Mehrmals, als Igor sie über den Anleger führte. Aber der Name sagte ihr nichts, fand keine Entsprechung in ihrem begrenzten Wortschatz. *Kind*, das sei ein Teil des Namens gewesen. Und der andere *Gold*. Aber was sollte das bedeuten? Sie habe natürlich nie gewagt, das Monster nach der Bedeutung zu fragen.

Dann stutzte sie. Was mit ihm los sei, fragte sie Marc, der ihr gegenübersaß und dem das letzte Blut aus dem Gesicht wich. Er sprang auf und verschwand in einem anderen Zimmer.

Sie hörte Würgegeräusche. Er erbrach sich, kotzte das wenige Essen aus seinem Leib und die Magensäure hinterher. Dann genehmigte er sich einen Schuss Heroin und kehrte einige Minuten später – gefestigter – zurück in die Küche.

Jelena stand am Fenster und schaute auf den Innenhof, in dem sich die Häuser ihre dreckigen Hintern zeigten. Marc murmelte eine Entschuldigung und nahm Platz. Jelena setzte sich ihm gegenüber. Sie fuhr in ihrer Erzählung fort. Aber Marc konnte ihr nicht mehr folgen. Er war bei dem Monster, und in seinem Kopf formte sich ein Plan, dessen Ausgang bereits feststand.

Er würde das Monster töten!

Als Marcs Gedanken wieder im Hier und Jetzt ankamen und in den Innenraum seines Autos zurückkehrten, bemerkte er, dass seine Kleidung von kaltem Schweiß durchtränkt war. Er fror, und sein Körper zitterte vor Kälte und Entzug wie die Blätter einer Pappel bei Windstärke neun.

Wie spät war es? Die Uhr hinterm Lenkrad hatte vor Monaten den Geist aufgegeben. Überhaupt war es ein Wunder, dass die alte Kiste noch fuhr. Und es war wohl auch ein Wunder, dass Marc noch fuhr und dass er noch einen Führerschein besaß. Er hatte bislang Glück gehabt, zumindest, was das anbetraf. Er beugte sich zur Seite und wühlte im Handschuhfach nach seinem Handy. Er fand es und gab den Code ein. Die Anzeige leuchtete auf. Die Uhr zeigte 8:13 und das Datum: 4. Dezember.

Er betrachtete das Handy noch einige Sekunden, wobei er überlegte, ob er mit Melanie über die Sache reden sollte. Er spürte, dass er sich jemandem anvertrauen musste und sehnte sich nach ihrem Beistand.

Aber würde sie ihn verstehen können? Würde sie ihm nicht raten, die Bullen einzuschalten? Und würde sie nicht vielleicht sogar – aus Sorge und mit gut gemeinter Absicht – selbst die Bullen hinzuziehen?

Er entschied sich gegen den Anruf bei seiner Schwester und wollte gerade den Ausschaltknopf betätigen, als ein Signalton ertönte. Er hatte Kurznachrichten bekommen: Von zwei unterschiedlichen Anschlüssen aus hatte man versucht, ihn zu erreichen, während das Handy ausgeschaltet war.

Er betrachtete die Nummern. Die eine kannte er auswendig. Es war Melanies Nummer. Sie hatte ihn mehrfach angewählt, in der Nacht. Und die andere? Der Anruf war am Morgen eingegangen, um 7:02 Uhr. Was war das für eine Nummer? Von irgendwoher kannte er sie. Die Zahlenreihe ratterte durch seine Gehirnwindungen, während er nach vergleichbaren Kombinationen suchte. Irgendwann lichtete sich der Schleier, den der Entzug über sein Erinnerungsvermögen gelegt hatte, und das Handy entglitt seiner Hand. Es fiel zwischen seine Beine auf den Boden des Autos.

Es war die Nummer eines Toten.

Er hatte diesen Mann mit seinen eigenen Händen getötet. Es war keine Absicht gewesen, nein, ein Versehen. Pure Notwehr. Er hatte ihm das lange Messer in den Bauch gestoßen. Diesem Säufer und Mörder, den er beauftragt hatte, seinen Vater zu töten. Dem er viel Geld versprochen hatte. Geld, von dem er in seiner Naivität geglaubt hatte, es gleich nach dem Tod des Monsters zu erhalten. Ein Erbe. Schließlich war der Alte reich gewesen, bestimmt sehr reich.

Der Anfall traf ihn unvorbereitet. Marc wurde schwarz vor Augen. Er spuckte Magensäure aus, bitter und gelb. Der Entzug packte und schüttelte ihn. Nach einigen Minuten kehrte sein Bewusstsein zurück. Er wischte sich mit dem Ärmel den Schweiß von der Stirn, kurbelte das Seitenfenster herunter und ließ frische, kühle Luft in den Wagen. Marc atmete kurz und heftig.

Dann hob er das Handy auf und wählte Melanies Nummer.

»Marc!«, rief sie sogleich. Da war Angst in ihrer Stimme. Panik. »Wo bist du? Bitte sag es mir!«

»Lütten Klein … Osloer Straße«, antwortete er stockend.

»Was machst du da? Welche Hausnummer?«

»Warum willst du das wissen?«

»Bitte!«

»Es ist die 79. Sie haben Jelena.«

»Ja, ich weiß.«

»Wie?«, fragte Marc. »Woher ...?«

Er hörte, wie Melanie schniefte. Sie weinte und sagte mit erstickter Stimme: »Ich habe der Polizei von dir erzählt.«

»Den Bullen? Bist du wahnsinnig?«

»Marc, lass dir von ihnen helfen!«

»Du hast mich ... verraten …«

Er kappte die Verbindung in dem Moment, als der nächste Anfall über ihn kam. Dieses Mal dauerte die Attacke länger. Seine Muskeln verkrampften sich. Er sank mit dem Oberkörper auf den Beifahrersitz, röchelte und japste nach Luft.

Als der Anfall vorüber war, zog er sich am Lenkrad hoch und presste die Nase durch den geöffneten Fensterspalt.

Plötzlich sah er sie kommen. Jelena. Und bei ihr drei Männer. Einer, der vermutlich Igor war, marschierte vorweg über den Weg, der vom Hauseingang zur Straße führte. Die anderen beiden stützten Jelena. Sie hatten sie in ihre Mitte genommen und schleppten sie zu dem grauen Amischlitten.

Marc duckte sich so tief hinter das Lenkrad, dass er gerade noch beobachten konnte, wie die Männer Jelena in den Wagen drückten, bevor sie einstiegen, ausparkten und davonfuhren.

Marc drehte den Schlüssel im Zündschloss herum, der alte Motor röhrte.

33. Kapitel

Es ging auf halb neun zu, als Jans Handy klingelte. Melanie war außer sich vor Sorge.

»Marc hat sich gemeldet, eben gerade. Er ist in der Osloer Straße, wo er auf Jelena wartet. Er wird mich dafür hassen, dass ich ihn verraten habe. Aber ich habe solche Angst um ihn.«

Sie nannte Jan die Hausnummer und auf seine Frage hin auch den Autotyp und das Kennzeichen. Anschließend versuchte er, sie zu beruhigen. Aber dafür war keine Zeit. Er legte auf und lief zu Adamski.

Keine zwei Minuten später verließen die Beamten das Gelände am Schnatermann und fuhren in Richtung Stadt. Adamski und Jan führten die Kolonne aus dem Mercedes und drei Streifenwagen an. Grzymek, der inzwischen eingetroffen war, und ein weiterer Beamter blieben bei dem Toten zurück, um Spuren zu sichern und auf den Leichenwagen zu warten.

Die Fahrzeuge knallten über Schlaglöcher, bis sie endlich auf die befestigte Straße schlitterten und mit Blaulicht und Horn der Stadt entgegenrasten. Nur zehn Minuten benötigten sie für die Strecke.

Einige Polizisten blockierten die Straße, während andere zum Eingang der Nummer 79 stürmten, Adamski voran, die Pistole in der Hand. Er brüllte einem in der Tür stehenden Mann zu, er solle die Tür offen lassen. Der Mann gehorchte. Adamski packte ihn am Kragen: »Wer sind Sie?«

»Der Hausmeister«, antwortete der verängstigte Mann.

»Wir suchen einen Mann, der Igor Kerschakow heißt. Er spricht russisch oder so was.«

»Im dritten Stock, aber, heh, aua! Sie tun mir weh.«

Adamski murmelte eine Entschuldigung und ließ vom ihm ab. Dann fegte der Trupp ins Haus, die Treppen hinauf, bis in den dritten Stock. Hier gab es nur eine Tür, das erleichterte die Sache erheblich.

Adamski rief Möbius heran, einen stämmigen Kollegen, zwei Meter hoch und weit mehr als hundert Kilo schwer. Möbius nahm Anlauf krachte gegen die Tür. Holz barst, Scharniere rissen, und die Tür ging zu Boden. Die Polizisten stürmten in die Wohnung und durchsuchten alle Zimmer. Aber sie waren zu spät gekommen. Die Vögel waren ausgeflogen.

Die Polizisten sammelten sich auf der Straße. Inzwischen war Verstärkung eingetroffen, auch Schlorke und Jaeger waren da. Jaeger grinste breit. Jan hatte keine Zeit, sich über den ungewohnten Gesichtsausdruck seines Kollegen zu wundern, hörte aber noch, wie Jaeger erzählte, dass er seiner Frau die Aktiengeschäfte gebeichtet und dass sie ihm verziehen habe.

»Wo sind die Kerle?«, fragte Adamski, nahm den Hut vom Kopf und kraulte in seinen kurzen Haaren herum.

»Die Autobahn«, sagte Jan. »Ich denke, sie nehmen eine der Autobahnen.«

»Quatsch Autobahn«, entgegnete Schlorke. »Nur Verrückte nehmen die Autobahn, wenn sie abhauen wollen. Igor ist ein Arschloch, aber er ist nicht total bekloppt. Der weiß doch, dass wir ihn auf der Autobahn ruck, zuck einsammeln können.«

»Ach ja?«, sagte Jan. »Igor hat keine Ahnung, dass wir ihm so dicht auf den Fersen sind. Und Marc Golombek wird's ihm kaum gesagt haben.«

»Ruhe«, rief Adamski dazwischen. »Die Autobahn. Adrian – welche Richtung nehmen wir? Berlin, Stettin oder Lübeck?«

Jan zuckte mit den Schultern. »Wir sollten alle Richtungen kontrollieren.«

»Dann brauchen wir Hubschrauber«, rief Adamski und war mit einem Mal ganz außer sich. »Die sollen die Autobahnen kontrollieren. Und wir müssen die Kollegen in Brandenburg und Schleswig-Holstein informieren. Und den Bundesgrenzschutz an der polnischen Grenze.«

Vielleicht ist das hier sein letzter Fall, durchfuhr es Jan, und er muss ihn um jeden Preis lösen. Aber Adamski war kein eitler Gockel wie Schlorke. Viel wahrscheinlicher war, dass der Alte spürte, dass jemand in Gefahr war. Dass sie handeln mussten. Dass jede Sekunde zählte.

Adamski setzte mit einer ungeschickten Bewegung seinen Hut wieder auf und rannte zu den Streifenwagen, die mit rotierenden Blaulichtern die Fahrbahn der Möllner Straße blockierten. »Ein Funkgerät«, brüllte er. »Ich brauche ein verdammtes Funkgerät!«

Eine Bö ergriff seinen Hut, zog ihn vom Kopf und wirbelte ihn hoch. Adamski rannte weiter.

34. Kapitel

Igor lenkte den Schlitten über die Stadtautobahn, wobei er sich an die vorgeschriebene Geschwindigkeit hielt. Er schien es nicht eilig zu haben.

Marc folgte dem grauen Wagen in einem Abstand von gut zweihundert Metern. Am Ende des Westzubringers setzte Igor den Blinker rechts und bog auf die Autobahn Richtung Lübeck ab.

Gleich auf der Autobahn packte Marc der nächste Anfall. »Nein!«, schrie er und krallte die Hände ums Lenkrad. Die Knöchel traten weiß hervor. Seine Muskeln wurden hart, sein Herz raste. Die Schmerzen waren brutal, unmenschlich. Fahrbahn, Markierungen und andere Autos verschwammen vor seinen Augen. Der Anfall dauerte einige Sekunden, dann hatte er ihn überstanden.

Etwa fünf Minuten und ein paar Kilometer später blinkte Igor erneut und bog auf den Rastplatz *Quellental* ab.

Marc fuhr hinterher und sah, wie Igor den Wagen vor einem Häuschen aus roten Klinkern zum Stehen brachte. Marc hielt etwa dreißig Meter entfernt davon an. Zwischen ihnen standen zwei andere Autos, ein kleiner Fiat, in dem eine Frau zu schlafen schien, und ein dunkler Mercedes.

Marc wartete. Zwei, drei Minuten geschah nichts. Er beobachtete den grauen Schlitten. Igor saß auf dem Fahrersitz und rauchte eine Zigarette. Die anderen Männer waren mit Jelena auf der Rückbank.

Die Minuten zogen sich wie zäher Schlamm dahin, während auf der Autobahn Fahrzeuge vorüberrauschten.

Dann kam ein älterer Herr aus dem Klinkerhäuschen. Er

wedelte mit den Händen, als wollte er Wassertropfen abschütteln. Er ging zu dem Mercedes, stieg ein und fuhr davon.

Plötzlich hob die Frau im Fiat ihren Kopf und rieb sich die Augen.

Jetzt hörte Marc ein entferntes Geräusch – ein gleichmäßiges Brummen, das langsam anschwoll. Er schaute zum Himmel und entdeckte einen Hubschrauber mit dem Schriftzug *Polizei*, der sich in einiger Höhe dem Parkplatz näherte. Vier, fünf Sekunden stand der Hubschrauber über ihnen in der Luft, bevor er nach Osten davonschwebte.

Die geweckte Frau startete ihren Wagen und rollte zur Autobahn. Nun waren sie allein.

Während Marc noch dem Fiat nachschaute, sah er, wie Igor aus dem Amischlitten stieg und Jelena vom Rücksitz hervorzog. Sie bewegte sich wie eine Puppe. Ihre Glieder schlackerten wie an Gummibändern.

Marc musste tatenlos mit ansehen, wie Igor sie unterhakte und zum Toilettenhaus führte. Dann waren sie verschwunden. Die anderen Männer blieben im Wagen sitzen. Marc ließ den Golf an, fuhr ein Stück zurück und bog dann in die Parkspur, die parallel zu der verlief, auf dem Igors Schlitten stand. Sein Herz trommelte. Das Häuschen lag nun zwischen ihm und Igors Wagen. Er ließ den Motor im Leerlauf und sprang aus dem Golf. Nur ein paar Schritte – dann war er beim Toilettenhäuschen angekommen. Es gab zwei Türen: eine für Männer, eine für Frauen. Marc wählte das Frauenklo und drückte die Tür auf. Vor ihm befand sich ein schmaler, gefliester Raum, an den Wänden Waschbecken und Spiegel, ihm gegenüber eine weitere Tür. Er öffnete die zweite Tür. Dahinter waren weitere Türen auf der rechten Seite, alle geschlossen, kalte Kacheln an der Wand auf der linken Seite.

Und auf dem Boden sah er zwei Turnschuhe mit den Spitzen nach oben liegen, darin steckten ihre Füße, daran ihre Beine, ihr Becken, ihr Oberkörper, ihr Kopf …

Jelena lag leblos auf dem Rücken. Was hatte das verfluchte Schwein mit ihr angestellt?

Das brummende Geräusch des Hubschraubers schwoll erneut über dem Häuschen an. Marc machte zwei Schritte auf Jelena zu, beugte sich über sie und kniete nieder. Er berührte ihr Haar, das dunkle, weiche, duftende Haar. Zu spät vernahm er das kalte Echo einer zugeschlagenen Tür.

Marc blickte auf. Igors eng stehende Augen funkelten, die Nasenflügel bebten, und der Mund zuckte, als wollte er die Spucke darin zu ätzendem Schaum schlagen. Seine rechte Hand umklammerte ein Messer. Auf der Klinge spiegelten sich die Kacheln wider.

Igor schnellte vor und ehe Marc auch nur den Hauch einer Chance bekam, stach er zu. Marc sank nieder, sein Kopf berührte den harten Boden. Er spürte, wie das Blut aus seinem Körper floss.

Er versuchte, gleichmäßig zu atmen und schob seine Hand zu Jelena, tastete nach ihrem Gesicht, spürte ihre Haut.

Das Brummen des Hubschraubers, und aus weiter Ferne drang das Gejaule von Polizeisirenen an seine Ohren.

Dann wurde die Welt schwarz.

35. Kapitel

Jan drückte das Gaspedal bis zum Anschlag durch. Sie hatten den Westzubringer bereits hinter sich gelassen und rasten nun über die Autobahn 20. Bis kurz vor der Abfahrt waren sie unschlüssig gewesen, welche Richtung sie einschlagen sollten. Die Meldung des Polizeihubschraubers hatte ihnen die Entscheidung abgenommen. Man hatte den Golf entdeckt. Rastplatz *Quellental*, Autobahn Richtung Lübeck.

Der Hubschrauber sollte sich bereithalten, hatte Adamski angeordnet. Sie seien gleich da, in wenigen Minuten – endlosen Minuten.

Kurz darauf tauchte das Schild *Quellental* vor ihnen auf. Jan bog auf den Rastplatz. Marcs Auto stand vor dem rot geklinkerten Toilettenhaus, dahinter ein grauer Wagen, offenbar eine amerikanische Marke. Über dem Häuschen dröhnte der Hubschrauber.

Jan sah einen Mann aus dem Häuschen rennen. Ob Marc noch darin war? Igor sprang in den grauen Wagen.

Ein Streifenwagen hielt auf Igors Schlitten zu, während Jan an dem Golf vorbei weiter zur Ausfahrt raste. Er trat die Bremse durch. Reifen kreischten, und er kam quer zur Fahrbahn zum Stehen, um Igor den Fluchtweg abzuschneiden.

Jan und Adamski sprangen mit erhobenen Waffen aus dem Auto. Da schnellte Igor verfolgt vom Streifenwagen heran. Adamski zielte und schoss. Die Kugel durchschlug die Motorhaube und hatte keine Wirkung. Der zweite Schuss drang in die Windschutzscheibe ein. Das Auto schlingerte. Igor schien das Lenkrad verrissen zu haben.

Der Wagen rollte auf einen Betonpfeiler zu und knallte dagegen. Dann stand er kurz still, bis der Streifenwagen den Amischlitten an der Seite rammte. Die Leute darin wirbelten durcheinander. Weitere Fahrzeuge kamen, Polizisten sprangen heraus und richteten Pistolen auf die Insassen.

Schreie. Kommandos.

Jan sah Igor hinter dem Lenkrad sitzen. Seine Gesichtszüge glätteten sich. Er schien zu wissen, dass er verloren hatte. Er öffnete die Fahrertür und stieg aus, zwei weitere Männer ebenfalls. Sie verschränkten die Arme hinter den Köpfen und legten sich auf den Boden, mit den Gesichtern zur Erde.

Jetzt rannte Jan los, Adamski hinterher. Jan erreichte als Erster das Häuschen, wählte aus einem Impuls heraus die Tür zur Damentoilette, riss sie auf, dann eine andere Tür an der hinteren Seite der Waschzelle.

Erst entdeckte er das Mädchen – Jelena – rücklings auf dem Boden liegend. Dahinter lag Marc Golombek, zusammengekauert, eine Hand an der Wange des Mädchens.

Blut war aus Marcs Körper geflossen und hatte sich auf den Kacheln verteilt. Es bedeckte beinahe den ganzen Boden und schloss die beiden ein. Adamski keuchte und fluchte. Jan trat in die Blutlache zu Marc Golombek und suchte einen Pulsschlag. Er fand keinen. Traurig schüttelte er den Kopf, und Adamski fluchte erneut.

Jan beugte sich zu dem Mädchen hinunter. Jelenas Brust hob und senkte sich gleichmäßig. Sie atmete.

Eine halbe Stunde später brachte ein Krankenwagen Jelena in die Klinik. Igor hatte sie mit Chloroform betäubt und Marc auf diese Weise täuschen wollen. Vermutlich hatte er bemerkt, dass er verfolgt wurde. Für Jelena bestand keine Lebensgefahr. Sie würde leben.

Erst am späten Nachmittag, nachdem alle Spuren gesichert waren und der Rastplatz für den Verkehr wieder freigegeben wurde, wurde Marc Golombek abtransportiert. In einem Leichenwagen.

36. Kapitel

Der Verkehr rollte auf den Autobahnen diszipliniert und ungehindert dahin. Es war der Tag vor Heiligabend, und an den Rändern der Fahrbahnen hatte sich über Nacht etwas Schnee gesammelt. Im Radio hatten sie nichts von einem Stau erwähnt.

Jan kramte im Handschuhfach nach einer CD, schob sie in die Anlage und drückte die Wiedergabetaste.

So, so you think you can tell heaven from hell, blue skies from pain.

Jan dachte an den gestrigen Tag. Jemand hatte frische Blumen auf das Grab gestellt, bevor er auf dem Friedhof angekommen war. Es waren Stiefmütterchen, und ihre Köpfe nickten im kalten Wind. Vielleicht hatte Dorothea die Blumen gebracht. Er hatte später vergessen, sie danach zu fragen.

Zehn Minuten war er am Grab geblieben. Seine Augen strichen wieder und wieder über die Buchstaben des Namens, der in den grauen Stein gemeißelt war. *Alfred Storuman*, darunter folgten Geburts- und Sterbedatum.

Jan versuchte sich vorzustellen, wie der alte Herr zwei Meter unter seinen Füßen in einem Sarg lag, die sehnigen Hände ineinander gefaltet, Augen und Mund für immer geschlossen. In Jans Vorstellung hatte der Mann, der am 1. Dezember an Herzversagen gestorben war, kein Gesicht mehr. Es war zu einer konturlosen Maske verschwommen, wie das Antlitz seines Erzeugers.

Can you tell a green field from a cold steel rail? A smile from a veil, do you think you can tell?

Jan hatte eigentlich die Absicht gehabt, die Feiertage in dem Dorf zu verbringen. Er besaß noch immer die Schlüssel für das Schulhaus.

Als er aber nach dem Besuch auf dem Friedhof vor der Gartentür stand und vom Zaun aus das zweigeschossige Backsteingemäuer betrachtete, hatten ihn die verwitterten, rostroten Klinker wie mit unsichtbarer Kraft von sich fortgedrückt. Er war nicht einmal in der Lage gewesen, die Zaunpforte zu öffnen. Die Backsteinmauer, die Fenster, hinter denen sich leblose Gardinen wellten, das Dach, auf dem Moos wuchs, die alte Regentonne, die schon vor dreißig Jahren ein Loch gehabt hatte – das Haus hatte ihn an den Lehrer erinnert, nur an den Lehrer und an nichts anderes.

Was würde aus dem Gebäude werden?

Jan überlegte, ob Storuman ihn damals adoptiert hatte. Er wusste es nicht, hatte sich darüber nie Gedanken gemacht. Wenn er laut Gesetz der Sohn des Lehrers wäre, dann wäre er auch der Erbe. Der Alleinerbe soweit er wusste.

Er bekam feuchte Hände bei dem Gedanken, dass er der Eigentümer dieses Hauses sein könnte – auch jetzt noch, als er bei Tempo 145 immer mehr Kilometer zwischen sich und den toten Storuman brachte. Vielleicht würde die Gemeinde das Haus haben wollen. Hoffte er.

Did they get you to trade your heros for ghosts? Hot ashes for trees?

Er hatte die Hand von der Zaunpforte genommen und war zu Dorothea gefahren. Sie hatten Kaffee getrunken und zwei Stunden geredet. Dann war er aufgebrochen und in den Nachbarort gefahren, wo er sich für eine Nacht in ein Hotel einmietete.

Erst gegen drei Uhr war er eingeschlafen.

Heute Morgen hatte ihn das Klingeln seines Handys geweckt. Er hatte kurz telefoniert, und als er eine halbe Stunde später das Hotel verließ, bemerkte er, dass in der vergangenen Nacht die Weihnachtstanne vor dem Hotel umgeknickt war. Ein Mann und eine Frau waren damit beschäftigt, die Lichterkette aus den Zweigen zu entwirren.

Jan hatte ihnen eine frohe Weihnacht gewünscht.

Bei Hamburg verließ er die Autobahn 1 und bog auf die Autobahn 24 Richtung Schwerin ab.

Hot air for a cool breeze? Cold comfort for change?

Er fuhr einige Minuten hinter einem zitronengelben Renault mit Berliner Kennzeichen her, und ihm kam Schlorke in den Sinn.

Igor Kerschakow hatte bei der Vernehmung doch tatsächlich ausgesagt, er habe angenommen, dass die Typen im *Rabennest* Späher aus dem Rotlichtmilieu gewesen seien. Auf die Idee, dass es Bullen waren, sei er nicht gekommen, weil sich doch wohl kein Polizist dieser Welt so kleiden würde – mit solchen Stiefeln und einer solchen Jacke. Schlorke, der bei der Vernehmung anwesend war, hatte das nicht weiter kommentiert.

Jan überholte den Renault.

Did you exchange a walk on part in the war for a lead role in a cage?

Was würde mit Jelena geschehen?

Jelena, das Mädchen, das mit falschen Versprechungen in den goldenen Westen gelockt worden war. Geld und Luxus. Milch und Honig. Sie war von Menschenhändlern ausgebeutet worden, von skrupellosen Männern wie Igor Kerschakow und den anderen, von denen sie den Polizisten berichtet hatte: Sergej, Bogdan, Piotr und all die Namenlosen, die sich tags und nachts über sie hergemacht hatten.

Sie hatten Jelena um ihr Leben betrogen.

Und schließlich hatte Igor ihr die letzte Hoffnung genommen. Marc, der Vatermörder, Jelenas Freund, war auf den

Kacheln der Autobahntoilette verblutet. Igors Messer hatte seine Leber getroffen.

We're just two lost souls, swimming in a fish bowl, year after year.

Jan hatte einen Staatsanwalt gefragt, was aus Frauen wie Jelena wurde. Wahrscheinlich werde sie abgeschoben, hatte der gemeint. In ihre Heimat. Aber wer wartete dort auf das Mädchen? Ihre Mutter, ihre Schwestern? Vielleicht standen sie vor dem Haus und winkten ihr zu, wenn Jelena aus einem Bus stieg, dessen Blech die Farbe des Straßenstaubs angenommen hat.

Und wahrscheinlich warten auch Sergej und Bogdan auf sie.

Running over the same old ground. What have we found?

Jan hatte inzwischen mehr als zweihundert Kilometer zwischen sich und das Grab des Lehrers gebracht. Es sollten noch weitere hundert Kilometer hinzukommen, bis er sein Ziel erreichen würde.

Er dachte: Ich habe kein Geschenk dabei.

Er hatte überlegt, ob er aus Verlegenheit einfach irgendetwas kaufen sollte. Aber als er zwischen den Regalen einer Autobahntankstelle entlanggegangen war, befanden sich darin nur Stofftiere, Comichefte, Plastikblumen und Kekse. Er meinte, dass das alles nicht passend sei. Melanie hatte ihn mit ihrem Angebot überrascht, da war eben keine Zeit für eine Vorbereitung gewesen.

The same old fears.

Jan dachte an das Telefonat, das sie am Morgen geführt hatten.

»Wie geht es dir?«, hatte sie gefragt.

»Beschissen.«

»Bist du in seinem Haus?«

»Ich habe ein Hotelzimmer genommen. Ich konnte das Haus nicht betreten. Ich hatte den Eindruck, die ganze Gegend riecht nach ihm.«

»Mhm, das kann ich verstehen.«

»Und du? Kommst du voran?«

»Es fällt mir schwer, mich auf die Themen zu konzentrieren. Ich denke häufig an Marc. Hier noch mehr als in Rostock. Dabei hatte ich gehofft, ich könnte diese Gedanken zu Hause lassen. Aber es ist ja noch eine ganze Zeit hin bis zum Examen.«

»Bleibst du über Weihnachten dort?«

»Ja. Ich habe die Hütte für die Feiertage gemietet. Was soll ich auch sonst tun? Meine Mutter ist überhaupt nicht mehr ansprechbar, seit sie von Marcs Tod erfahren hat. Meine Freunde feiern mit ihren Familien – mit Weihnachtsbaum und *Oh, du Fröhliche.* Und der Bulle, der Goethe nicht kennt, ist irgendwo in den Westen gefahren.«

»Ich kenne Goethe, nur eben dieses eine Buch nicht«

»Werther. Ich habe es hier. Wenn du magst, lese ich dir daraus vor.«

»Bist du dir sicher, dass du das willst?«

»Was willst du?«

»Nicht mehr über Väter nachdenken – und so schnell wie möglich dieses Dorf verlassen.«

Bald darauf fuhr Jan von der Autobahn ab, dann einige Kilometer durch kahle Winterwälder. Zwischen Bäumen schimmerte Wasser hindurch. In der Mecklenburger Seenplatte waren jetzt kaum Autos auf den Straßen unterwegs.

Zur Mittagszeit erreichte Jan die Gegend, die Melanie ihm am Telefon beschrieben hatte. Er drosselte die Geschwindigkeit und bog schließlich in einen unbefestigten Weg. Er kam an der Lichtung vorbei, die sich zu seiner linken Seite auftat, und schwenkte an der nächsten Kreuzung nach rechts.

»Dann noch hundertfünfzig Meter. Es ist das einzige Haus am Ende des Wegs. Du kannst es nicht verfehlen.«

Sie stand auf der Veranda einer blauen Holzhütte. Weißer Rauch quoll aus dem Schornstein. Das Dach war mit Laub bedeckt.

Melanie hatte einen schwarzen Seefahrermantel mit goldenen Knöpfen übergezogen und den Kragen hochgeschlagen. Sie beobachtete, wie er den Wagen neben ihrem Fiat parkte. Wenn sie ausatmete, bildeten sich Nebelwölkchen vor ihren lächelnden Lippen.

The same old fears. Wish you were here!

Jan schaltete die Musikanlage aus, zog den Zündschlüssel ab, und auch er lächelte.

Sie wartete auf ihn.

Danksagung

Der Krimi *Die im Dunkeln warten* war mein Erstlingswerk, das ich vor etwa zehn Jahren geschrieben habe. Seither schlummerte das Manuskript in der virtuellen Schublade meines Computers. Aber der Hartnäckigkeit des geschätzten Verlegers Ralf Kramp ist es zu verdanken, dass die Geschichte nun doch noch das Licht der Öffentlichkeit erblickt hat.

Bei einem Regionalkrimi ist es wohl ratsam, zu erwähnen, dass die Personen in dieser Geschichte allesamt fiktiv und ausschließlich meiner Fantasie entsprungen sind. Etwaige Ähnlichkeiten zu realen Personen wären vollkommen zufällig. Die mit Namen genannten Straßen gibt es in Rostock, die Hausnummern jedoch nicht.

Höchst real sind die Menschen, die mir bei der Recherche und der Überarbeitung der Geschichte geholfen haben. Wertvolle Hinweise zur Arbeit der Polizei hat mir der Erste Kriminalhauptkommissar Volker Werner von der Kriminalpolizeiinspektion Rostock gegeben. Eine sehr große Hilfe waren mir auch meine kritischen Erstleserinnen Birgit Borloni und Dörte Rahming. Gute Tipps hat mir damals bei meinen ersten Gehversuchen auf dem Parkett fiktiver Geschichten der Dozent am Literaturhaus Rostock, Dr. Wolfgang Gabler, gegeben.

KBV KRIMINALROMAN

Anne Kuhlmeyer

ES GIBT KEINE TOTEN

Taschenbuch, 304 Seiten

ISBN 978-3-95441-160-3

9,50 EURO

Die Ermittlerin Marlene Katz verfängt sich in radikalen Maßnahmen gegen radikalen Terror - und rennt in eine moralische Falle.

Ein Afghanistan-Veteran hat sich im Keller seines Hauses im münsterländischen Coesfeld erhängt, nur glaubt seine minderjährige Geliebte nicht an Selbstmord. Als Marlene Katz und ihr Kollege die Ermittlungen aufnehmen wollen, ist das Mädchen spurlos verschwunden.

Aber nicht nur dieser Fall beschäftigt die Kommissarin. Ihr Privatleben gerät aus den Fugen, als sie plötzlich versetzt werden soll. Ihre Beziehung scheitert, in der neuen Dienststelle ist der Teufel los, und dann verursacht sie auch noch einen Unfall unter Alkoholeinfluss. Inmitten dieser Katastrophen lernt sie den charmanten Daniel Schönfelder kennen, den Chef einer Leipziger Sicherheitsfirma. Er deckt ihre Unfallflucht. Hals über Kopf schmeißt Marlene ihren Job bei der Polizei und folgt Daniel nach Leipzig.

Als bei einem Sprengstoffattentat am Leipziger Völkerschlachtdenkmal fünf Menschen sterben, sind Daniel und Marlene mitten im grausamen Geschehen. Fast gleichzeitig explodiert eine Bombe im jüdischen Gemeindehaus der Stadt. Islamisten sollen verantwortlich sein, heißt es. Doch Daniel vermutet die Täter in der rechten Szene und setzt ungewöhnliche Mittel ein, um die Wahrheit herauszufinden. Marlene verliert zunehmend den Boden unter den Füßen.

Ist sie Zeugin? Mitwisserin? Mittäterin?

Eva Brhel
ABTSMOOR

Taschenbuch, 360 Seiten
ISBN 978-3-95441-164-1
9,95 EURO

Die Leiche ist übel zugerichtet, mit Hämatomen übersät, das Genick ist gebrochen. Aber die tote Olivia Walter war einmal sehr schön, denkt Hannah Henker, als sie frühmorgens im Abtsmoor die Ermittlungen ihres ersten Falls im Raum Karlsruhe aufnimmt.
Es sieht nicht gut aus für Hannah, die 43-jährige Kommissarin. Nicht nur, weil sie sich wegen einer Affäre mit dem frisch getrennten Staatsanwalt zur Kripo Karlsruhe hat versetzen lassen. Nicht nur, weil das alle Kollegen längst wissen. Hannah ist einfach nicht in Form.
Erste Nachforschungen führen sie und ihr Team zu einer Organisation für die Bekämpfung der Schnakenplage (KABS), für welche die junge Biologin Olivia gearbeitet hat. Der Ehemann, Hans Walter, war eifersüchtig und zudem fest davon überzeugt, dass Olivia einen Liebhaber hatte.
Hannah und ihr Team ermitteln in alle Richtungen und stoßen dabei auf vielfältige Spuren: An der Leiche finden sich Hinweise auf eine Sekte. Auch wird ein Mann, der bereits wegen Stalkings vorbestraft ist, bei seinen Streifzügen durch das Abtsmoor beobachtet. Und ein Nebenjob der getöteten jungen Frau führt zu einem ominösen Strukturvertrieb mit fragwürdigen Geschäftspraktiken.
Als eine weitere junge Frau ermordet wird, steigt der Druck auf die Ermittler enorm...

KBV KRIMINALROMAN

KBV KRIMINALROMAN

H.P. Karr (Hg.)

ENDSTATION OSTSEE

Taschenbuch, 240 Seiten

ISBN 978-3-940077-54-7

9,90 EURO

Die Leiche ist übel zugerichtet, mit Hämatomen übersät, das Genick ist gebrochen. Aber die tote Olivia Walter war einmal sehr schön, denkt Hannah Henker, als sie frühmorgens im Abtsmoor die Ermittlungen ihres ersten Falls im Raum Karlsruhe aufnimmt.

Es sieht nicht gut aus für Hannah, die 43-jährige Kommissarin. Nicht nur, weil sie sich wegen einer Affäre mit dem frisch getrennten Staatsanwalt zur Kripo Karlsruhe hat versetzen lassen. Nicht nur, weil das alle Kollegen längst wissen. Hannah ist einfach nicht in Form.

Erste Nachforschungen führen sie und ihr Team zu einer Organisation für die Bekämpfung der Schnakenplage (KABS), für welche die junge Biologin Olivia gearbeitet hat. Der Ehemann, Hans Walter, war eifersüchtig und zudem fest davon überzeugt, dass Olivia einen Liebhaber hatte.

Hannah und ihr Team ermitteln in alle Richtungen und stoßen dabei auf vielfältige Spuren: An der Leiche finden sich Hinweise auf eine Sekte. Auch wird ein Mann, der bereits wegen Stalkings vorbestraft ist, bei seinen Streifzügen durch das Abtsmoor beobachtet. Und ein Nebenjob der getöteten jungen Frau führt zu einem ominösen Strukturvertrieb mit fragwürdigen Geschäftspraktiken.

Als eine weitere junge Frau ermordet wird, steigt der Druck auf die Ermittler enorm...